KB195979

호텔 프린스 소설가의 방
10주년 기념 소설 앤솔러지

Check-in

당신을
기대하는

방

아침달

기획의 말

소유 없는 상상력으로
빚는 이야기

언제부턴가 '호캉스'라는 말이 더 이상 어색하게 들리지 않습니다. 그만큼 호텔이라는 공간이 오늘날 우리와 아주 밀접하고 친숙해졌다는 뜻이겠지요. 많은 사람이 다양한 목적으로 호텔에 드나듭니다. 대부분 휴식이 필요해서 갈 테지요. 하지만 꼭 쉬기 위해서 가는 사람들만 있는 것은 아닙니다.

지루한 둘레를 가진 반복적인 삶의 배경은 나와 오랜 시간을 함께 입습니다. 그 과정에서 우리는 일상에서 숱한 상처를 겪게 됩니다. 온갖 주변이 상처로 범벅이 되는 것이지요. 나와 마찬가지로 상처 입은 삶 그 자체도 슬픔을 달래주고 아픔을 벗어날 수 있는 시간이 필요합니다. 호텔은 우리가 삶을 지탱하느라 무겁게 쥔 근심을 익명으로 돌려놓고 오기에 가장 좋은 공간이 아닐까 싶습니다.

흰 침대와 베개, 암막 커튼, 펜과 종이, 티브이, 욕실, 옷걸이……. 모두 내 것이 아닙니다. 모두 내 것이 아니어서 나는 잠시 이 세상과 아무 관계도 아닌 상태에서 가지런한 숨을 쉬어볼 수 있습니다.

호텔을 사랑했던 작가들이 있습니다. 대표적으로 미국 소설가 헤밍웨이가 있죠. 쿠바 하바나에 있는 핑크색 호텔 '암보스 문도스'는 헤밍웨이가 약 칠 년 동안 머무르면서 『누구를 위하여 종은 울리나』를 집필한 곳으로 유명합니다. 오늘날에도 많은 작가가 자신의 작품을 쓰기 위해 호텔에 머무르다 나옵니다.

그리고 여기, 한 호텔에 머물다 간 열 명의 소설가가 있습니다. 2014년에 처음 시작해 올해로 10주년을 맞이한 호텔 프린스 '소설가의 방'은 매년 입주 작가를 선정하고 집필에 몰두할 수 있도록 숙식을 무료로 지원해주었습니다. 이곳에서 우리가 알 만한 작품들을 포함하여 다채롭고 매혹적인 이야기들이 탄생했습니다.

『당신을 기대하는 방』은 '체크인'이라는 주제로 열 명의 소설가가 자신이 호텔에 머물러 소설을 썼던 경험에 상상력을 더해 쓴 소설 모음집입니다. 그 이야기들은 하나같이 다 달라서 한 편씩 읽어나가는 재미가 큽니다. 모두 각자의 연유로 호텔을 찾습니다. 가장 사랑하는 존재를 잃은 상실과 슬픔을 위무해보려고, 취업에 실패해서, 오래 품어온 버킷리스트를 달성하려고, 집이 불타서, 이벤트에 당첨되어서, 격리 대상자여서. 이들에게는 각자 기대하는 방이 있지만 삶은 나에게 딱 맞는 마음을 내어주지 않습니다.

기댈 곳이 필요한 사람은 소설 속 인물만이 아니라 작가도 마찬가지입니다. 작가에게는 작업실이 필요합니다. 마음껏 이야기를 상상할 수 있는 자리. 나의 문장을 오롯이 믿어볼 수 있는 자리.

미래에 먼저 도착해 기다리고 있는 소설이 있습니다. 소설가는 미지의 세계를 떠돌면서 아직 흐릿한 이야기를 투명한 언어로 담아냅니다. 쓰는 이는 오로지 쓰는 순간을 살아갑니다.

다시 여기, 한 사람을 기다리는 방이 있습니다. 내 것이 아니었던 이야기가 모두의 곁에 놓일 때까지 쓰는 마음이 있습니다.

2024년 12월
아침달 편집부

목차

801

○

고양이별의 체크인

∽

장강명

2011년 장편소설 『표백』으로 〈한겨레문학상〉을 수상하며
작품 활동을 시작했다. 소설집 『뤼미에르 피플』, 『산 자들』,
『당신이 보고 싶어하는 세상』, 장편소설 『한국이 싫어서』,
『댓글부대』, 『우리의 소원은 전쟁』, 『재수사』(전 2권) 등이 있다.
〈수림문학상〉, 〈제주4·3평화문학상〉, 〈문학동네작가상〉,
〈오늘의 작가상〉, 〈심훈문학대상〉, 〈젊은작가상〉,
〈이상문학상〉, 〈SF어워드 우수상〉을 수상했다.

◎

9살 소녀가 걸어왔다. 소녀는 분홍색 코트를 입고 있고, 머리에는 빨간색 비니를 썼다. 아주 예쁜 아이였다. 예상했던 것보다 훨씬 더. 전체적으로 똘망똘망한 분위기에 피부가 희고 뺨이 발그레했다. 소녀의 혈색이 좋아서 나는 좀 놀랐다. 그리고 오래전에 방영되었던 아이스크림 광고를 떠올렸다.

소녀가 입을 열어 말했다. 턱을 치켜든 자세가 다소 오만하게, 고집스럽게 보였다. 긴장한 것처럼 보이기는 하지만 어른을 무서워하는 눈치는 없었다.

"체크인을 하고 싶은데요. 방 있나요?"

목소리가 듣기 좋았다. 9살 소녀의 목소리에 대한 평가로 이상한 표현이지만, 제법 그윽했다. 발음도 분명했고 성량도 알맞았다. 말할 때 뺨에 보조개까지 생겼다. 그 목소리와 보조개는 어머니에게서 물려받은 것이다.

"예약을 하셨나요?"

내가 물었다.

"아니요. 안 했어요. 방이 없나요?"

소녀의 표정이 갑자기 어두워졌다.

"있습니다. 몇 박 하시나요?"

소녀는 박(泊)이라는 말을 처음 들은 것 같았다. 나는 얼른 "며칠을 묵으시나요?"라고 질문을 바꿔 다시 던졌다. 소녀는 이틀을 머물겠다고 했다. 1박 2일을 말하는 건지 2박 3일을 얘기하는 건지 알 수 없었지만 별 상관은 없었다.

"객실은 어떤 타입으로 찾으시나요?"

"어떤 타입……?"

소녀는 이제 겁먹은 표정이 되었다. 턱은 여전히 치켜든 채였지만. 나는 서둘러 스탠더드룸, 트윈룸, 더블룸, 스위트룸에 대해 설명했다. 소녀는 고개를 뒤로 돌려 멀찍이 떨어져 서 있는 어머니를 흘끗 보더니 이내 침착해졌다. 어머니는 딸과 달리 얼굴에 수심과 절박함이 가득했다. 심지어 그녀는 몸까지 미세하게 떨고 있는 것 같았다.

"스위트룸은 천장이 높나요?"

소녀가 물었다. 그 순간에는 어머니보다 더 어른스러웠다.

"네, 저희 객실 중에는 가장 높습니다."

"그러면 그 방으로 할게요."

"몇 명이 묵으시나요?"

내가 물었다. 보통은 객실 타입보다 숙박 인원을 먼저 묻는다. 나도 헷갈렸다.

"저 한 사람이요."

소녀가 대답했다.

H에게 연락이 온 것은 일주일 전이었다. 그녀는 일요일 오후 9시에 문자를 보내왔다. '잘 지내? 나 기억해?' 하고. 당연히 기억하고 있었다. 심지어 그사이에 우리 두 사람 다 휴대 전화번호 앞자리가 011에서 010으로 바뀌었는데도, 뒷자리 숫자 네 개만 보고 그녀임을 바로 알았다.

나는 한참 주저하다가 오후 10시가 되기 전에 답장을 보냈다. 심장 박동이 조금 빨라진 것 같기도 했고 식도가 조금 뜨거워지는 것 같기도 했다. 그런 반응이 부끄럽기도 했다. 마지막으로 만난 게 십 년 전인데.

오후 10시에 그녀가 내게 전화를 걸었다. 우리 마

지막으로 봤던 게 언제였더라? H가 물었다. 답을 알면서 던지는 질문이었다. 한 십 년 됐나? 그치, 그 정도 됐지. 내가 대답했다. 그렇게 오래됐나, 하고 놀란 척하면서, 세월 참 빠르네, 하고 웃는 척하면서. 서로 가정사에 대해서는 묻지 않았다. 나는 그녀가 이혼했다는 사실을 알고 있었다. 내가 그 사실을 안다는 것을 그녀도 알 것이었다. 내가 미혼이라는 사실을 그녀가 아는지는 확신할 수 없었다.

상대가 본론을 꺼낼 때까지 나는 천천히 기다렸다.

"좀 이상한 부탁 하나 해도 돼?"

그녀가 물었다.

"부탁이야 당연히 해도 되지. 내가 들어줄 건지 아닌지는 그거 하고 별개고."

내가 대답했다. 상대가 안심하라고 웃음소리와 섞어 말했다. 십 년 전이었다면 그런 식으로 말하지 않았을 것이다.

"내 딸이 9살인데…… 지금 혈액암을 앓고 있어."

그녀가 말했다.

혈액암을 앓는 아이들은 죽음이 뭔지 알아. 함께 치료를 받는 아이 중 죽는 사람이 나오니까. 요즘은 아이들이 병원에서 공부도 하고 같은 병을 앓는 친구도 만나. 병원학교라고 하더라. 그녀가 설명했다. 9살 아이면 인터넷 검색할 수 있고 혈액암이 어떤 병인지도 알아. 본인은 인터넷에 접속하지 않아도, 다른 아이들한테 이야기를 듣지. 병원학교에서 자기보다 나이가 많은 언니나 오빠들도 만나고.

H의 딸은 인터넷에 잘 접속하지 못했다. H가 딸에게 스마트폰을 주지 않았기 때문이다. 대신 H는 죽음을 주제로 딸과 이야기를 나누려 했다. 하지만 H는 죽음에 대해 잘 몰랐다. 사실 H는 딸이 혈액암에 걸리기 전까지 어느 누구와도 죽음에 대해 깊은 대화를 나눠본 적이 없었다. 9살 소녀가 맞이할지 모르는 죽음에 대해 무슨 이야기를 해야 할지 H에게 가르쳐준 사람도 없었다. 친지도 의사도 죽음에 대해서는 말을 피했고, 죽음 이후에 대해서는 더 그랬다. 할 말이 궁했던 H는 동화 같은 이야기들을 지어냈다.

"너는 절대 죽지 않는다고 말했지. 그래도 계속 딸이 물어보는 거야. 만약에, 아주 아주 만약에 만약에, 내가 죽으면 어떻게 돼, 하고 말이야. 그래서 너는 절대 죽을 일이 없지만, 만약에, 아주 아주 만약에 만약에, 네가 죽는다면, 하고 이야기를 지어냈어."

착한 사람이 죽으면 천국에 가. H는 딸에게 말했다. 천국에 가면 그 사람이 키웠던 개가 뛰어나와서 주인을 반긴단다.

"고양이는?"

딸이 물었을 때 H는 고양이별에 대한 이야기를 지

어냈다. 개들은 지구를 떠난 뒤에도 사람과 같은 별에서 살게 되지만, 독립심이 강한 고양이들은 자기들만의 별에서 살게 된다고. H는 자기 딸이 고양이를 싫어하는 줄 알았다. 그래서 사후 세계에서는 사람이 고양이를 만나기 어려운 것처럼 묘사했다.

"그러면 나는 단비 못 만나?"

단비는 H의 언니가 키웠던 고양이였다. 딸이 그 고양이를 각별하게 여길 거라고는 전혀 짐작하지 못했던 터라 H는 당황했다. 언니의 집에 갈 때마다 딸은 단비를 보면 비명을 지르며 도망 다니기 바빴다. 그게 어린 아이의 사랑 표현이었던 걸까. 아니면 자기가 아는 존재 중 자기보다 먼저 죽은 존재가 그 고양이뿐인 딸이 사후 세계에서 고독을 겁내는 걸까?

"대충 둘러댔어. 고양이별에 사람도 갈 수 있다고. 인간 전용 호텔이 있어서 그 호텔에 묵을 수 있다고. 사실 그 호텔의 입구는 여러 곳인데 천국에도 있어서 천국에서 어떤 문을 열고 들어가면 바로 고양이별에 있는 인간 전용 호텔의 로비가 나오게 돼 있다고."

사람의 어떤 특성은 십 년이 지나도 변하지 않는구나, 하고 나는 생각했다. 내가 아는 H는 재미있는 상상을 많이 하는 사람이었다. 친구들과 술을 마시거나 잡담을 할 때 그녀는 화제를 엉뚱한 방향으로 돌려 사람들을 웃기곤 했다. 실없는 농담도 자주 던졌지만 누구도 생각하지 못했던 방향으로 어떤 사안의 문제점을 날카롭게 지적한 적도 있었다. 그으한 목소리로 엉뚱한 이야기를 재치 있게 하는 그녀를 우리는 '우아한 4차원'이라고 부르며 좋아했다.

"고양이별에서 고양이를 만나고 싶은 사람은 먼저 인간 전용 호텔에 가서 체크인을 해야 한다고 했어. 그러면 호텔에서 신원을 확인하고 방을 내주면 그 호텔 방 열쇠를 신분증처럼 사용해서 고양이별에서 허가된 구역을 돌아다닐 수 있다고. 만나고 싶은 고양이가 있으면 호텔에서 대신 연락을 해준다고."

H는 딸에게 단비도 그렇게 만날 수 있을 거라고 말했다. 만약에, 아주 아주 만약에 만약에, 네가 죽는다 해도.

얘기를 들은 딸이 물었다. 체크인이 뭐예요? 난 체크인 할 줄 모르는데 어떻게 하지?

그래서 H는 내게 연락하기로 마음을 먹었다.

"너 아직도 호텔에서 일해?"

그렇다고 대답했을 때, 안도하는 그녀의 얼굴이 눈앞에 보이는 것 같았다. 내 상상 속에서 그녀의 얼굴은 이십 대 중반의 모습이었다.

"우리 딸이 너희 호텔에 가서 체크인을 해볼 수 있을까? 진짜 방을 빌리는 건 아니고, 그냥 시늉으로만."

당연히 괜찮다고 대답하자 그녀는 정말 고맙다고 말했다. 하지만 내가 자기 요청을 거절하지 않을 것임을 알고 있었던 눈치였다.

나는 예약 손님이 아닌 경우 체크인 수속을 어떻게 밟는지 H에게 설명했다. 오후 2~5시에 체크인하는 사람들이 많으니, 오후 5~8시쯤 오면 좋겠다고 말했다. 가끔 아이들에게 체크인 수속을 시키는 부모들이 있다며, 그녀의 요청도 그렇게 이상한 건 아니라고 덧붙였다. 내가 오후 근무 예정인 날짜도 불러줬다.

"그 시간에 찾아가면 우리 때문에 저녁 못 먹는 거 아니야?"

H가 물었다.

"괜찮아. 식사는 교대로 하니까. 체크인 연습하는 데 시간이 오래 걸릴 것도 아니고."

"그러면 오후 5시에 찾아갈게."

당치도 않은 이야기라고 생각하면서도 혹시 그녀가 '저녁 같이 먹을래?'라든가 '나중에 밥 한번 살게' 같은 말을 하지 않을까 하는 생각이 머리를 스쳤다. 잠깐이나마 그런 기대를 품었다는 사실에 나는 놀랐고, 다시 부끄러워졌다.

"스위트룸은 남산 전망이고, 요금은 30만 원입니다. 스위트룸으로 해드릴까요?"

내가 물었다.

"너무 비싸요."

소녀가 대답했다.

"네?"

"저는 아이잖아요. 30만 원은 너무 비싸요."

나는 예상하지 않았던 시나리오에 당황해서 잠시 눈만 껌뻑였다.

"고객님 말씀이 맞습니다. 제가 성인 비용을 잘못 말씀드렸네요. 그러면 얼마가 적당할까요?"

"15만 원이요. 저는 뭐든지 어른의 절반 정도만 사용하니까요."

원래 9살이 이 정도로 똑똑하고 당찬 건가? 요즘 아이들은 예전과 다른가? 그 나이에는 여자아이들이 남자아이보다 훨씬 더 똑똑하다는 이야기를 들은 적은 있었다. 나는 흘깃 H를 쳐다봤다. 그녀는 여전히 수심과 절박함이 가득한 표정이었다. 자기 딸과 나 사이에 지금 어떤 대화가 오가는지 모르는 눈치였다.

나는 일단 이 연극을 계속해보기로 했다.

"그러면 고객님 이름과 전화번호를 받을 수 있을까요? 여권이나 다른 신분증 있으십니까?"

소녀는 자기 이름과 휴대폰 번호를 말하며 플라스틱 카드를 한 장 내밀었다. 병원학교 학생증이었다.

"계산은 신용카드로 하실 건가요?"

"네."

나는 신용카드를 받아 사전 승인을 받는 척한 뒤 학생증과 함께 돌려줬다.

"지금 방 한번 볼 수 있어요?"

이번에도 예상하지 못한 질문이었다. 나는 이번에도 H를 흘깃 살폈다. 그녀의 표정은 그대로였다. 예약을 하지 않은 손님이 객실을 보고 나서 결제를 하는 경우는 드물게 있지만 체크인 뒤에 방을 보고 싶다고 하는 고객은 없다. 진짜 상황처럼 대처해야겠지. 나는 고지식하게 생각했다. "네, 가능합니다"라고 대답하고 스위트룸 카드키를 챙기는 동안 엉뚱하게도 '연습은 실전처럼, 실전은 연습처럼'이라는 구호가 머릿속을 맴돌았다.

같은 근무조의 대리가 아까부터 의아한 눈빛으로 나를 바라보고 있었다.

"지인의 딸인데 호텔 이용하는 방법을 연습하고 싶대요. 시간 오래 걸리지 않을 테니 잠깐 데스크 좀 봐줄래요?"

내가 일본어로 대리에게 말했다. 명동 한복판에 있는 호텔이라 프런트 데스크에는 일본어를 할 줄 아는 직원들을 배치했다. 나도 일본어학과 출신이었다.

소녀와 내가 엘리베이터로 향하자 H도 의아한 눈빛으로 우리를 쳐다보았다.

"엄마는 여기서 기다려. 난 방 좀 보고 올게."

9살 소녀가 제 어머니에게 고압적으로 명령했다.

방을 살피는 데에는 5분도 걸리지 않았다. 소녀는 다른 손님들처럼 전망이나 시설을 확인하지 않았다. 고양이별에 대해 내게 곤란한 질문을 한두 개 던졌을 따름이었다.

환자가 얼마나 오래 살지는 의사들도 모른대.

외상 환자든, 암 환자든, 아니면 아흔 살이 된 고령 환자든, 48시간 안에 돌아가시겠구나 하는 예상은 90 퍼센트 정도 확률로 할 수 있대. 그런데 이 사람은 한 달을 못 버티겠구나 하는 예상 같은 건 할 수 없대. 예상을 할 수는 있지만 그게 맞을 확률은 절반 정도래. 3, 4개월을 못 버티겠다는 예상이 맞을 가능성은 그보다 더 낮대.

환자 가족들은 궁금해하지. 우리 애가 얼마나 살수 있나요? 저희는 괜찮으니까 정말 솔직히 말씀해주세요. 다들 그렇게 의사한테 물어본대. 의사가 그런 건 딱 잘라 이렇다고 말할 수 없다고 아무리 설명해도 안 믿는대.

이런 상황에서 평균을 내면 3, 4개월인데 어떤 경우에는 2주 만에 숨지는 경우도 있고 어떤 경우는 일 년이 지나도 잘 살아 있는 경우도 있어요. 그 평균이라는 게 의미가 없어요. 의사들은 그렇게 설명할 수밖에 없대. 그러면 그냥 저 의사가 희망을 품게 하려고 저런 소리를 하는구나, 우리 애는 3, 4개월 남았구나 하고 받아들이는 부모도 있고, 잘만 하면 일 년을 버틸 수도 있겠구나 하고 낙관적으로 생각하는 부모도 있대.

하지만 의사가 뭐라고 말하건, 부모가 어떻게 받아들이건, 그 아이들이 2주 뒤에 죽을 수도 있대. 특히 소아암 환자는 더 그렇대.

H의 딸은 나를 만나고 3주 뒤에 세상을 떠났다. 갑자기 병세가 악화됐다. 마지막 일주일 동안에는 극심한 두통에 시달렸고 새벽마다 구토를 했다고 한다. 이런 고통을 겪으니 차라리 그냥 죽는 게 낫지 않을까 하고 H가 생각할 정도로.

장례식은 다른 사람에게 알리지 않고 아주 조촐하게 치렀다. H와 그녀의 언니 가족, 그리고 미국에서 온 전 남편만 참석했다.

H가 우리 호텔의 스위트룸을 예약한 것은 그로부터 반년 뒤였다.

나는 준비 없이 그녀를 맞닥뜨렸다. 그녀가 호텔 예약 사이트에서 영문 이름으로 숙박을 예약했기 때문이었다. 우리 호텔이 사용하는 객실관리시스템에는 그날 스위트룸이 그 영문 이름으로 1박 예약되어 있다고

만 나와 있었다.

H는 나를 알아보고 미소를 지었다. 쓸쓸한 미소였다. 그래, 나야, 죽은 딸이 머물렀던 장소들을 찾아다니고 있어, 하는 미소였다. 그러나 그녀는 카드키를 받아갈 때까지 내게 존댓말을 썼고, 나도 다른 손님처럼 그녀를 대했다.

H는 그사이 한눈에 알아볼 수 있을 정도로 몸이 여위었다. 카드키를 받는 손가락이 너무 가늘어서 부러지지 않을까 염려될 정도였다. 그러나 자세는 꼿꼿했고, 호리호리한 육신과 꼿꼿한 자세 사이에 생기는 긴장감 때문에 주변에 묘한 기품이 흘렀다.

체크인을 하고 한 시간 정도 뒤에 그녀에게서 문자 메시지가 왔다.

저녁 같이 먹을 수 있을까?

나는 그건 어렵다고 대답했다.

오늘 근무는 몇 시에 끝나?

오후 10시에 끝난다고 대답했다.

그러면 그 뒤에 술 한잔 같이 할래?

나는 그러겠다고 대답했다. 길게 대답할 수는 없었다. 프런트 데스크 직원들에게 근무 중 휴대폰 사용을 삼가라고 지시하는 게 평소 내 일이었다.

우리는 오후 10시 10분에 남산예장공원에서 만났다. 호텔에서 걸어서 3분 거리에 있는 곳이다. 규모가

크지 않고 개장한 지 몇 년 되지 않았고, 그마저도 코로나 사태가 한창일 때 조용히 문을 연 터라 그 자리에 공원이 있다는 사실을 아는 사람이 많지 않았다. 그 덕에 낮에도 밤에도 늘 한산했다.

여기 참 예쁘네. 조명이 아름답다. H가 말했다.

예전에 TBS 교통방송국이 있던 곳이야. 내가 말했다. 옛 TBS 사옥이 그 전에 중앙정보부 건물이었음은 말하지 않았다.

H는 호텔 침대에 누워서 몇 시간 동안이나 근처 분위기 좋은 바를 검색했다고 했다.

여기서 멀지 않고 분위기도 괜찮은 바가 있고, 여기서 좀 걸어야 하는데 분위기가 정말 좋아 보이는 바가 있어. 어디에 갈래? 그녀가 물었다.

나는 좀 걸어야 해도 분위기가 정말 좋아 보이는 바에 가겠다고 대답했다.

그래, 고마워. 그녀가 말했다.

우리는 소파로를 따라 걸었다. 걷기 좋은 날, 걷기 좋은 시간이었다. 인도에는 행인이 별로 없었고, 가을 바람이 선선했다. 그녀는 흰색 운동화를, 나는 구두를 신고 있었다. 우리는 십 년 전에 함께 자주 걸었었다. 나는 자가용을 구입할 형편이 못 되었고, 그녀는 걷는 걸 좋아했다. 혹은 그녀가 걷는 걸 좋아한다고 내가 착각했다.

숭의여대 옆을 지나, 남산케이블카 탑승장 옆을 지나, 남산도서관 옆을 지나, 서쪽으로 서쪽으로 걸었다.

그녀는 내게 호텔 생활에 대해 물었다. 호텔 직원들끼리는 서로 뭐라고 부르냐고 물었다. 진상 손님은 없는지 물었고, 호텔에서 가져가도 되는 물건은 뭐냐고 물었다. 어느 호텔 예약 사이트에서 예약을 하는 게 싼지 물었고, 호텔 직원들은 교대 근무를 어떻게 하느냐고 물었다. 나는 호텔 직원들끼리는 그냥 과장님, 대리님, 주임님 같은 호칭을 쓴다고 했고, 진상 손님에 대해서는 대답을 피했다. 일회용품만 가져가도 되는 건데 옷걸이나 수건을 가져가는 사람은 꽤 많고, 목욕 가운이나 헤어드라이어, 심지어 커피포트를 가져가는 사람도 있다고 했다.

커피포트를 가져간다고? 그녀가 웃으며 되물었다.

그렇다니까. 나도 웃었다.

그녀는 이혼한 뒤 면세점에서 일했다고 말했다. 일본어 전공자가 취업할 수 있는 곳이 많지 않았다. 무역회사, 여행사, 호텔, 그리고 면세점이었다.

면세점 직원은 위치가 묘했다. 면세점에서 일했지만 면세점에 고용된 것이 아니라 면세점에 입점한 브랜드의 매장에 고용된 신분이었다. 하지만 그 브랜드의 다른 부서로 자리를 옮긴다거나 내부 승진을 하는 경우는 없었다. 연차가 쌓이고 평판이 좋게 나면 같은 면세점 안에 있는 다른 브랜드 매장으로 직급을 올려서 이직하는 게 고작이었다.

면세점은 길게 다니는 사람이 없어. 종일 서 있어야 하니까 고되고, 전문직이 아니니까 월급도 낮아. 딱히 복지도 없고. 누가 그만둔다고 하면 잡지도 않아. 새로 또 뽑지, 하는 분위기야. 그녀가 말했다.

그녀는 자기 주변에서 자기가 면세점을 가장 오래 다닌 사람이라고 했다.

그녀가 가려고 한 바는 백범광장공원 건너편에 있었다.

재미있는 콘셉트의 가게였다. 외부에는 간판이 없었고, 문을 열고 들어가면 추상화들이 걸린 갤러리 공간이 있었다. 그중 한 그림이 비밀의 문이었는데, 그 그림을 밀면 위스키 진열장과 바, 테이블이 있는 진짜 홀이 나왔다.

조명은 은은하고 음악 볼륨도 적당했다. 벤 웹스터가 테너 색소폰을 연주하고 있었다. 우리는 자리를 잡고 술을 주문했다. 그녀는 드라이 마티니를, 나는 온더록스를 골랐다. 한동안 우리 두 사람 다 아무 말도 하지 않았다. 첫 잔을 거의 다 비울 때까지 그랬다. 걸으며 이야기를 많이 했기 때문이었는지, 바 분위기에 마음이 차분해져서였는지, 아니면 다른 테이블에 앉은 커플들은 모두 연인처럼 보여서였는지.

나는 침묵 속에서 비로소 이제 세상에 없는 9살 소녀에 대해 생각했다. 소녀가 입었던 분홍색 코트, 머리에 썼던 빨간색 비니, 엄마를 닮은 그윽한 목소리, 또랑또랑한 발음, 그리고 혈액암 치료에 대해 생각했다. 뒤늦게 소녀를 생각한다는 사실에 죄책감이 들었다.

둘째 잔으로 그녀는 온더록스를, 나는 드라이 마티니를 주문했다. 그렇게 주문하고는 서로 피식 웃었다.

환자가 얼마나 오래 살지는 의사들도 모른대. 그녀가 말했다.

그런 고통을 겪느니 차라리 그냥 죽는 게 낫지 않을까 생각했어.

장례식은 조촐하게 치렀어.

이야기를 하는 동안 그녀는 얼굴이 눈에 띄게 창백해졌다. 목소리는 더욱 그윽해졌다. 마치 유령 같았다. 나는 그녀가 세상을 떠날 생각을 하는 것은 아닌가 싶어 덜컥 불안해졌다.

궁금한 게 있어. 그녀가 말했다.

응. 뭔데? 그녀의 질문을 기다리던 내가 먼저 물었다.

그때 스위트룸에 올라가서 무슨 이야기를 했어? 그 애가 뭐래?

소녀는 다른 손님들처럼 전망이나 시설을 확인하

지 않았다.

"천장이 높네요."

그래서 좋다는 건지 안 좋다는 건지 알 수 없어 나는 "네, 다른 방보다 천장이 높습니다"라고 대답했다.

"그런데 천장이 높은 곳 아래에는 앉아 있을 곳이 없네요. 그러니까, 고양이들 말이에요. 저 창틀 위에 앉아 있기는 힘들 거 같아요."

내가 창틀을 바라보고 있자 소녀는 옆에서 "고양이들이 높은 곳을 좋아하잖아요"라고 덧붙였다. 나는 무슨 뜻인지 알아듣고 대답했다.

"저희 호텔이 사다리를 갖고 있어요. 그 사다리를 놓으면 고양이가 그 위에 올라갈 수 있을 거예요."

소녀는 고개를 숙이고 다리를 한참 꼼지락거리더니 물었다.

"아저씨, 우리 엄마랑 아는 사이죠?"

이 아이를 속이는 건 어렵겠다는 생각이 들었다. 나는 태연한 얼굴로 미소를 지으면서 "네"라고 대답했다. 그러자 더 어려운 질문이 왔다.

"고양이별 같은 건 없죠?"

5초 정도 고민했을까. 그보다 시간이 더 걸렸을까. 나는 "저도 잘 모릅니다"라고 말했다. 소녀는 입술을 양쪽으로 늘이면서 '그렇게 말할 줄 알았어'라는 표정을 지었다.

"아까 스위트룸에서 제가 한 이야기, 저희 엄마한테 하면 안 돼요. 약속해주실 거죠?"

엘리베이터 안에서 소녀가 말했다. 나는 그러겠다고 약속했다.

별 얘기 안 했어. 내가 말했다.

아무 얘기도 안 한 거야, 아니면 얘기를 하긴 했는데 별 얘기가 아니라는 거야? 그녀가 물었다.

얘기를 하기는 했는데 별 얘기가 아니었어. 내가 말했다.

내가 더 물어봐도 대답 안 할 거지? 그녀가 물었다.

나는 살짝 웃으며 고개를 끄덕였다. 드라이 마티니 말고 그냥 온더록스를 주문할걸, 하고 생각하면서.

너 진짜 고지식하다. 옛날이랑 변한 게 없어. 그녀가 그렇게 말하며 웃었다.

그렇게 드라이 마티니 두 잔과 온더록스 두 잔을 마시고 재미있는 콘셉트의 바를 나왔다. 자정이 넘은 시각이었다.

달이 참 아름답네.

남산 위에 떠 있는 밝은 보름달을 보고 H가 말했다.

그렇네. 오늘따라 유난히 더 커 보이네.

내가 말했다.

호텔까지 바래다줄까? 내가 물었다.

그녀는 잠깐 고민하는 것처럼 보였다. 하지만 이내 고개를 저었다. 미소도 조금 지어 보였다. 그냥 혼자 걸어갈래. 달구경 하면서.

택시를 기다리다 갑자기 가슴이 아파 고개를 들고 그녀가 걸어간 길 쪽을 보았다. 그녀의 모습은 이미 보이지 않았다. 그 사이에 달도 조금 움직인 것 같았다. 나는 달빛을 보며 밤하늘 어딘가에 있을지도 모를 고양이별을 상상했다.

802

◎

당신을 기대하는 방

∿

정선임

2018년 〈중앙신인문학상〉을 수상하며 작품 활동을 시작했다.
소설집 『고양이는 사라지지 않는다』가 있다.
2023년 〈젊은작가상〉을 수상했다.

◎

1

　당신은 인천 공항에 막 도착했다. 서윤아 Seo Yoona.
당신은 비행기 티켓에 인쇄된 자신의 이름을 잠시 들여
다본다. 목적지는 리스본이었다. 침대 옆에 걸어 놓은
커다란 세계지도에서 별 스티커를 붙여 놓았던 곳 중
하나다. 당신은 가고 싶은 도시에는 별 스티커를, 다녀
온 뒤에는 그 옆에 초승달 스티커를 붙여 놓았다.
　본래 계획대로라면 동행은 네 명이었다. 당신은 수
진, 은경, 민숙, 인애가 모여 있는 단체 채팅방에 올라

온 메시지를 확인했다. 오늘이네, 부럽다, 잘 다녀와, 몸조심하고, 맛있는 거 많이 먹고, 사진 찍어서 올려줘 등등 다정하게 배웅하는 말들이 올라와 있었다. 그들은 해마다 함께 가고 싶은 여행지를 정했고 회비를 모았다. 여행 날짜가 다가오면 한 명씩 피치 못할 이유가 생겼다. 실직과 이직, 결혼과 출산, 육아와 간병, 갑작스런 출장과 질병 등등. 이십 년 지기인 그들에게는 익숙한 일이었다. 다섯 명이 온전히 떠난 적은 없었다. 이번에도 모두가 떠날 거라는 기대는 없었다. 적어도 셋이 떠나리라 생각했으나 은경과 둘만 시간이 되었다. 어제, 은경이 잔뜩 잠긴 목소리로 전화를 걸어왔다. 코로나 확진이라고 했다. 요즘은 출국하는 데 문제가 없지만 증세가 심해서 아무래도 여행은 무리인 것 같다고. 당신은 그저 몸조리를 잘하라며 알겠다고 고개를 끄덕였다.

당신도 그들과 함께 떠나기로 한 여행을 갑작스럽게 취소한 적이 있었다. 나 때문이었다. 사실 이번 여행 계획을 세운 건 수진이었다. 당신은 수진이 엑셀로 정리해준 일정을 들여다보다 한숨을 쉬었다. 본래 당신도 계획을 짰다. 다이어리를 빼곡하게 채우곤 했다. 그러나 당신은 이제 아무것도 계획하지 않았다. 삼 년 전부터 세계지도에는 더 이상 별도, 달도 늘어나질 않았다. 그것 또한 나 때문일까.

출국을 앞둔 지금도 당신은 망설이고 있었다. 나쁜 징조가 아닐까. 아예 하지 않는 게 낫지 않을까. 지난 삼 년간 당신은 이런 식으로 세워둔 계획을 자주 취소하고 유예함으로써 스스로를 고립시켰다. 당신은 운세 앱을 열어본다. 오늘의 운을 점수로 환산한 것이다. 70점이라, 나쁘지 않군. 당신은 그제야 결심한 듯 캐리어 가방을 부치고 보안 검색대로 향했다. 큰 짐을 부치고 배낭 하나만 둘러멘 당신은 모처럼 가뿐해 보였다.

"이제 마음껏 떠나도 되잖아. 왜 떠나질 않아?"

답답해서 당신에게 소리를 지른 적이 있다. 나는 이제 그만 구름이나 바라보고 나비나 쫓아다니며 놀고 싶었다. 가벼워진 몸으로 보다 더 높이 뛰어올라 우주까지 날아가고 싶었다. 당신 주위를 떠돌며 지켜보고 싶지 않았다. 설마 내 말을 들은 건지 모르겠지만 당신이 벽장 안에서 커다란 여행 가방을 꺼냈을 때 나는 많이 기뻤다. 그래서 당신이 이번에는 쉽사리 체념하지 않기를 바랐다.

당신은 탑승 게이트 앞에 자리를 잡더니 단체 방에 인사를 남겼다. 그러고는 버릇처럼 내 사진을 넘겨보다가 그중 한 장을 골라 SNS에 올렸다. 당신이 오랜만에 울음을 멈춘 날로 기억한다. 사진첩을 넘겨보던 당신은 처음으로 피식 웃더니 내 이름의 계정을 만들고 내 사진을 올리기 시작했다. 팔로워 수는 열 명 남짓. 간혹 귀여운 사진도 있었지만 대부분 내 미모를 제대로 담지 못한 것이 태반이다. 그래도 나는 참아주고 있다. 나는 당신의 고양이니까.

2

체크인 시각인 오후 2시가 다가오자 주디는 분주해졌다. 호텔 바스테트는 주디가 태어나기 전부터 있었던 마을의 유일한 호텔이었다. 5층짜리 아담한 호텔의 방은 모두 스무 개. 관광지는 아니었지만 암스테르담 근교에 있는 데다 풍차와 같은 네덜란드의 옛 모습이 남아 있어서인지 조용히 휴식을 취하고 싶어 하는 여행자들의 방문이 끊이질 않았다. 주디의 소꿉친구인 루나의 외가에서 대대로 경영해오던 것으로 이십 년 전, 루나가 이어받았다. 주디는 루나가 대표를 맡은 초창기부터 호텔 매니저로 일했다. 사실상 공동 경영이나 마찬가지였다.

한 달 전, 루나는 주디를 꼭 끌어안고는 말했다. 비행기 티켓을 끊어버렸다고. 주디는 루나의 어깨를 두드려주었다.

"오래 참았다. 걱정 말고 다녀와."

루나는 본래 일 년에 한 번씩은 커다란 여행 캐리어를 끌고 떠났다. 팬데믹으로 경영상의 어려움을 겪게 되었고 인원을 감축하는 대신 근무 시간을 줄이고 긴축 재정에 들어갔다. 내내 적자였으나 해외여행이 정상화되면서 지난해 말부터 숨통이 트였다.

"내가 돌아오면 너도 다녀와."

루나의 말에 주디는 알겠다고는 했지만 딱히 가고 싶은 곳이 없었다. 주디가 이 마을을 떠나 있었던 건 암스테르담에서 대학을 다닐 때뿐이었다. 주디의 집에서 호텔까지는 자전거를 타고 5분 거리였다. 로비에는 숙박객들이 조식을 먹고 마을 사람들이 곧잘 커피를 마시러 오는 레스토랑이 있었다. 주디는 자전거를 호텔 주차장에 세워두고 팬케이크나 와플 굽는 냄새를 맡으며 호텔로 들어서는 순간이 좋았다. 마을 사람들은 어린 시절부터 친구인 경우가 대부분이었다. 모두가 사이 좋은 것만은 아니었지만. 마을 사람들은 일터에 가든 마트에 가든 교회에 가든 사거리 중앙에 위치한 바스테트 호텔 앞을 지나쳐야 했다. 그들은 프런트를 지키고 있는 주디에게 잠시 들러 인사를 건네거나 소식을 나누고는 했다. 주디는 그런 일상을 떠나고 싶지 않았다.

지금처럼 침구에서 나는 섬유 유연제와 익숙한 디퓨저 향을 맡으며 순례하듯 객실을 점검하는 일도 그런 일상 중 하나였다. 오늘도 주디는 303호에 가장 마지막에 들렀다. 주디가 가장 좋아하는 방이었다. 햇살이 가장 오래 머무르는 방, 유일한 싱글룸이며 유일하게 리모델링하지 않은 방. 이 방만이 호텔 바스테트 초창기 모습 그대로 남아 있었다. 반질반질하게 닳아 세월의 흔적이 느껴지지만 튼튼한 나무 창틀과 붉은 융단 커튼이 고풍스러웠다. 다른 방과 달리 화장대가 아닌 짙은 고동색 책상이 놓여 있었다. 소형 보트가 흘러가는 운하가 한눈에 보이는 넓은 창문으로 풍경을 내다보다가 주디는 버릇처럼 책상 앞에 앉았다. 여행자가 짐을 내려놓고 앉아 고개를 수그리고 다이어리나 엽서를 꺼내 적는 모습을 상상하며. 책상에 놓인 꽃병에 물을 갈고 싱싱한 노란 튤립 두 송이를 꽂은 뒤 사진을 찍었다. 호텔 SNS 계정에 올릴 생각이었다. 어제 체크인했던 커플은 303호를 예약하고 싶었는데 둘이 쓰기에는 너무 작아서 다른 방을 예약했다며 아쉬워했다. 주디는 나중에 헤어지면 혼자 오시라는 농담을 건네려다 꾹 참았다.

주디는 프런트로 돌아갔다. 이제 곧 도어맨의 안내를 받은 여행객들이 호텔 회전문을 통과해 캐리어 바퀴를 탈탈거리며 끌고 들어올 것이다. 주디는 조금은 지쳤지만 기대를 안고 있는 표정의 그들에게 방 키를 내어주는 순간을 좋아했다. 휴대전화에 알림이 도착한다. 예약 취소 메일이다. 303호다.

3

당신은 암스테르담 스키폴 공항에 도착했다. 두 시간 뒤, 리스본으로 가는 비행기로 갈아타야 한다. 직항을 탈까도 했지만 부정기적이었고 요일이 맞지 않았다. 당신은 수진이 짜놓은 일정을 살펴봤다. 리스본 알파마 지구에서 2박을 하고, 포르투에서 2박을 하고, 파티마와 나자레에서 각각 1박. 이동이 많은데 혼자서 다닐 수 있을까. 당신은 걱정이 앞섰다. 당신의 취향은 좀 더한적한 곳이었고 되도록 차를 타고 싶지 않았다. 그런데도 당신은 일정을 변경할 생각을 하지 않고 그저 수진의 말에 고개를 끄덕였다. 수진은 첫날 묵을 숙소가 정말 좋다고 했다. 수영장과 낙조에 대해서 얘기하며 사진을 여러 장 보내주었다. 사진을 보고 있자니 이미 여행을 다녀온 것처럼 지쳤다. 포트 와인과 에그 타르트를 이미 질릴 정도로 맛본 듯한 기분에 사로잡혔다.

그럼에도 불구하고 당신이 떠나기로 결심했던 건 냉장고 뒤편에서 굴러 나온 내 털 뭉치를 보고 나서였다. 당신은 햇살에 따라 내 털의 색깔이 변한다고 했다. 어느 날은 당신이 매일 아침 식빵 사이에 넣는 체다 치즈색 같다고도 했다가, 당신이 좋아하는 계절인 십일월의 은행잎 색과 닮았다고도 했다가, 태양빛을 잔뜩 흡수한 캘리포니아 오렌지 같다고도 했다가. 이름을 붙일 수 없는 신비로운 색이라며 나를 황홀한 눈빛으로 바라보다가 내 털에 얼굴을 묻곤 했다. 당신의 주접에 가까운 칭송이 민망하면서도 나도 모르게 그르릉거리며 꼬리를 살랑살랑 흔들었다. 당신이 여느 때처럼 주워 담으려고 손을 뻗었다. 그때 열린 창문으로 바람이 불어왔다. 미풍에 내 털이 날아오르듯 둥실 떠올랐다. 바람을 타고 식탁 위를 지나 소파로, 창가로, 이리저리 부유하는 그것을 가만히 바라보던 당신은 중얼거렸다.

"이제 못 떠날 이유가 없지."

그러더니 즉석밥 하나를 전자레인지에 돌리고 냉장고에서 무말랭이를 꺼냈다. 당신이 제일 좋아하는 반찬이다. 당신이 무말랭이에 밥을 먹을 때면 나도 밥그릇 앞으로 가서 사료를 오도독 씹었다. 둘 다 오도독 소리를 내며 먹다가 당신이 웃었던 기억이 났다. 이제는 같이 오도독 소리를 낼 순 없었지만 간만에 당신이 밥 먹는 소리가 반가웠다.

내 이름을 말랭이로 지은 이유에 대해 진지하게 설명한 것은 화장터에서였다. 무말랭이를 좋아해서다. 성의 없이 지었다고 생각할지 모르지만 지금까지 살아오면서 변하지 않고 좋아하는 것이 있다면 무말랭이라고. 음식 이름으로 지어줘야 건강하게 오래 산다고 들었다고. 그래도 좀 더 세련되고 예쁜 이름을 지어주지 못해서 미안하다고. 재가 된 나를 안고 후회하며 말했다. 나는 7킬로그램에 가까웠는데 화장터 직원이 무게를 쟀을 때는 5킬로그램이었다. 덕분에 추가 요금을 내지 않아도 되었다. 직원의 설명에 다행이라고 생각했는데 당신은 왜인지 울기 시작했다. 본래 심장과 간이 다른 고양이보다 작아서 평소에도 숨을 쉴 때 버거웠을 거라는 의사의 말을 들었을 때처럼. 남들보다 작은 심장과 간으로 꽤 오래 살아낸 걸 칭찬해줘야 하는 거 아닌가. 나는 당신의 이십 대 끝자락과 삼십 대를 함께했다. 당신은 자주 바빴고 자주 나를 홀로 두었다. 처음 고양이를 키워보는 당신은 고양이가 외로움을 타지 않는다는 말을, 혼자 있기를 좋아한다는 말을 믿었다.

공항에 방송이 나오자 사람들이 웅성거리기 시작했다. 당신은 처음에는 상황을 파악하지 못해 어리둥절하다가 직원의 설명을 듣고는 표정이 어두워졌다.

4

303호 예약자의 이름은 Oh Yeon Jeong이었다. 주디는 천천히 그 이름을 발음해보았다.

"오! 연정, 당신에게 무슨 일이 생긴 건가요?"

당일에 예약을 취소하는 경우가 없지 않았지만 그래도 드물었다. 환불을 80% 정도만 받을 수 있는데 취소하다니 대체 어떤 사정일까. 며칠 전 오연정은 문의 메일도 보냈었다. 일주일 정도 머물 거라며 자전거를 빌릴 수 있는지 물었다. 서툰 영어였지만 유쾌한 기운이 느껴졌다. 주디는 이 마을이 자전거로 돌아보기에 얼마나 좋은지를 열심히 설명하는 답장을 썼다. 주디는 유달리 아쉬웠다. 오연정의 국적에 마음이 끌렸기 때문이다. 여행을 떠나지 않는 대신 주디는 SNS로 다른 세상을 들여다보며 시간을 보냈다. 한국에 관심이 생긴 건 아이돌 그룹 노래 때문이었다. 주디는 303호 예약자가 자신의 최애가 있는 나라에서 온다는 사실에 설렜고 잠시라도 프런트에서 나눌 대화를 기대했다. 안녕하세요, 라는 한국어 인사를 연습하며.

레스토랑에서 고소한 냄새가 풍겨왔다. 간식으로 먹을 스트룹 와플과 따뜻한 커피를 받으러 가는 김에 내일 조식을 체크해야 했다. 프런트를 비우고 레스토랑으로 가는 도중 로비 가운데 놓여 있는 바스테트 조각상 앞에서 멈췄다. 루나의 할머니의 할머니가 이집트에서 구해 온 것이라고 했다. 열 살짜리 어린아이만 한 크기였다. 루나는 이렇게 큰 걸 어떻게 들고 왔지, 라며 매번 놀라워했다.

"대단하지, 그 시절에."

그러다 언젠가부터는 부끄러운 역사의 산물인지도 모르지, 라며 다소 복잡한 표정이 되었다. 고양이 얼굴을 하고 있는 바스테트는 다산과 풍요, 음악의 여신이라고 했다. 소원을 비는 사람들이 꽤 있어 꼬리 끝은 유독 반질반질했다.

"우리를 보면 다산은 아닌 것 같은데 그럼 풍요를 주셨으면 좋겠다."

경영난에 허덕일 때 루나는 자주 바스테트의 꼬리를 만지작거렸다. 내가 케이팝에 눈을 뜬 것이 바스테트 덕분일지도 모른다는 생각을 하며 꼬리 끝을 쓰다듬다가 등 뒤로 무언가 휙 지나가는 걸 느꼈다. 뒤돌아봤지만 아무것도 없었다. 대신 천둥이 쳤다. 놀라서 밖을 내다보니 어느새 하늘은 어두컴컴해지고 비가 쏟아지기 시작했다.

5

나이가 들자 나만의 루틴이 생겼다. 새벽 6시가 되면 당신을 깨웠다. 앞발로 볼을 톡톡 치고 당신이 일어날 때까지 울었다. 당신은 억지로 눈을 뜨고는 사료를 그릇에 부어주고 내가 다 먹고 나면 뛰어오를 기운이 없는 나를 어깨에 태워 집안 한 바퀴를 돌았다. 나는 지금도 여전히 당신의 어깨 위에 앉아 있지만 당신은 알아채지 못한다. 내가 가벼워진 탓도 있겠지. 당신은 공항 구석에 쭈그리고 앉아서 운세 앱을 들여다보고 있다. 운세 점수는 낮보다 올라 100이 되어 있다. 당신은 어이가 없는 듯 헛웃음을 지었다. 악천후로 리스본으로 가는 비행기는 지연된다고 했다. 딱히 방법이 없어 보였다. 기다리는 것밖에는. 당신은 중얼거렸다.

"역시 떠나는 게 아니었어."

당신은 또다시 후회 중이다. 지난 삼 년간 당신은 여러 가지를 후회했다. 운전을 배우지 않았던 일을, 그래서 나를 병원에 좀 더 빨리 데려가지 못한 일을, 의사와 간호사 말만 믿고 자리를 비운 일을, 아니 입원시킨 일을, 그보다 정작 옆에 있을 때 나를 자주 잊었던 순간과 머물지 못하고 떠났던 날들을.

당신은 악천후라는 걸 증명하면 환불받을 수 있다는 호텔의 조항을 찾아보다가 다시 사진첩을 열어보고 있다. 당신의 사진첩에는 이제 계정에 올릴 내 사진이 몇 장 남지 않았다. 당신과 마지막으로 병원 복도에서 결과를 기다리며 함께 찍은 셀카, 그리고 그다음을 넘기지 못한다. 보지 않아도 당신은 어떤 사진인지 알고 있다. 내가 콧줄을 하고 힘없는 눈빛으로 당신을 바라보는 사진이었다. 그다음은 화장되기 직전에 내가 상자에 담겼던 사진. 당신은 보지도 못하면서 지우지도 못했다.

내가 곁에 있었을 때 당신은 자주 울었지만 또 자주 웃었다. 그 시간 동안 사랑하는 이와 다투기도 했고 이별을 하고 가족을 잃었고 실직을 하기도 했다. 그때마다 내 곁에서 잠을 푹 자고는 다음 날이면 다시 밖으로 나갔다. 그런데 지금은 좀처럼 잠들지 못했다. 새벽에도 벌떡 일어나 앉아 후회되는 일들을 중얼거렸다. 주위 사람들이 웃음을 터트리면 당신은 자리를 옮겼다. 당신은 모임에 가서도 빌려온 고양이처럼 앉아 있다가 집으로 돌아왔다. 마음을 줄 것들을 오랫동안 찾지 못했다. 아니 찾지 않았다. 츄르를 주던 길고양이들과 마주칠까봐 부러 길을 돌아서 갔다. 당신이 여행을 떠날 때마다 종종 내가 심술을 부리긴 했지만 이런 걸 바란 건 아니다. 세계 지도에 아직 가보지 못한 별들이 많다는 걸 잊어버린 것 같았다.

모든 비행기가 결항되었다. 누군가는 서둘러 근처 호텔로 이동하고 누군가는 어디론가 전화를 걸고 그다음을 계획하는 사람들 속에서 당신은 가만히 앉아 있었다. 차디찬 공항 바닥에. 당신은 또 체념하려 한다. 여기서 여행을 그만두고 한국으로 돌아갈 방법이나 찾겠지.

나는 답답하다. 내가 당신을 만나 말랭이가 된 것이 우연에만 기댔다고 생각하는 걸까. 나는 몇 번이나 파양되고 거리에서 살게 되었다. 허피스에 걸려 숨을 몰아쉬며 수풀 속에 숨어 있다가 종종 츄르를 주고 가던 당신 냄새를 맡았다. 나는 온 힘을 다해 길 한가운데로 나갔다. 당신이 다가오기를 기대하고 기다렸다. 정

작 지금 당신은 다친 고양이처럼 숨어만 있다. 나약하
기는. 그렇게 웅크리고 있지 말고 제발 움직이라고. 당
신이 정말 하고 싶은 여행을 하라고. 앞발로 힘껏 당신
의 뺨을 때렸다. 당신에게 닿을 수 없다는 걸 알면서도.

6

주디는 노래를 들으며 SNS 계정에 303호 사진을
올리고, 아름다운 방이 당신을 기다립니다, 고 적었다.
실은 주디도 303호에서 며칠을 보낸 적이 있다. 대학을
채 마치지 못하고 마을로 돌아왔을 때였다. 마을에 도
착한 것은 자정이 가까워진 시간이었다. 그저 이건 아
닌 것 같은데, 라는 막연한 마음이 대학을 그만둔 이유
라고 부모에게 차마 말할 수 없었다. 집으로 돌아갈 생
각을 하지 못하고 망설이다 호텔 바스테트로 무작정
들어갔다. 프런트에는 뜻밖에도 루나가 앉아 있었다.
여기서 뭐 해, 주디가 묻자 졸다 깬 루나가 우울한 얼굴
로 말했다.

"보시다시피 가업을 잇고 있지."

그때 루나의 얼굴이 떠오르면 주디는 지금도 웃음
이 났다. 비는 좀처럼 그칠 것 같지 않다. 곧 퇴근 시간
이다. 자전거를 두고 가야겠다고 생각하며 알고리즘이
추천해준 게시물들을 살폈다. 케이팝과 호텔과 고양이

로 가득했다. 최애가 고양이를 키웠고 덕분에 바스테트 말고 살아 있는 고양이에게도 관심을 가지기 시작했다. 특히 최애의 고양이를 닮은 노란 치즈 고양이를 보면 꼭 그 계정에 방문했다. 며칠 전부터 눈에 들어온 계정이 있었다. 아직 팔로우는 하지 않고 지켜봤다. 초록색 눈을 한 노란 고양이는 귀여웠지만 주디가 보기에 어딘가 사연 많은 얼굴을 하고 있었다. 계정주는 하루에 한 장씩 업데이트하는 듯했다. 사진과 함께 올린 글은 짧았지만 한글이어서 반가웠다. 그전에 올린 사진을 거슬러 살펴보다가 이상한 점을 하나 발견했다. 고양이는 점점 성장하는 게 아니라 어려지고 있었다. 마치 시간을 거꾸로 돌리듯.

몇 시간 전에도 사진이 하나 올라왔다. 날렵한 턱선에 몸집이 자그마한 고양이가 마치 브로치처럼 커튼에 달려 있었다. 아마도 발톱이 박힌 모양이다. 시폰 느낌의 하늘하늘한 커튼이 온전할 리 없었다. 계정주는 아마도 많이 속상했을 것이다. 함께 적은 글을 번역해 본다.

– 스파이더맨 시절의 말랭이

계정의 이름도 말랭이였다. 고양이 이름인 말랭이 뜻이 궁금해 주디는 말랭이만 따로 번역했다.

– dry

맨 처음에 올라온 사진을 살펴봤다. 이 순서대로라

면 가장 최근의 모습일 것이다. 두둑한 뱃살과 후덕한 턱선을 자랑하며 느긋하게 누군가의 무릎 위에서 잠든 사진이었다. 이렇게 통통한 고양이에게 왜 메마른 이름을 지었을까. 주디는 댓글에 적을 말을 떠올려본다.

　－ 당신의 고양이는 점점 어려지는군요.

썼다가 지웠다.

　－ 말랭이는 어떤 의미입니까?

좀 더 친해진 다음에 묻는 게 좋을 것 같다. 썼다가 지웠다. 결국 번역 앱을 이용해 한글로 이렇게 적었다.

　－ 안녕, 내가 좋아하는 고양이와 닮았다.

비바람은 더 거세지고 있었다. 이런 악천후 속에서도 길을 떠나는 사람이 있을 텐데. 주디는 기억을 더듬다가 그때도 누군가 예약을 취소했다는 사실을 기억해냈다. 루나는 반색을 하더니 마침 방이 비어 있다며 303호로 안내했다. 그 기분을 아직까지 잊지 못한다. 방이 자신을 안아주는 느낌이었다. 방은 주디에게 크지도, 작지도 않았다. 최근에 고양이가 상자를 좋아하는 습성을 알게 되면서 맞는 표현을 찾았다. 고양이가 자기 몸에 딱 맞는 상자를 찾았을 때와 비슷한 기분이 아니었을까. 그 방에서 며칠을 보낸 주디는 도와줄 사람이 필요하다는 루나의 제안을 쉽사리 받아들였다.

주디는 당직을 바꾸기로 했다. 오늘은 호텔에서 밤을 보낼 것이다. 자정까지 기다려보기로 한다.

7

당신은 아직 모른다. 스파이더맨 시절의 내 사진에 댓글이 달리고 팔로워가 한 명 더 늘렸다는 알림이 곧 울릴 것임. 궁금해진 당신은 돌아가는 비행기 검색을 잠시 멈추고 호텔 계정에 이르게 되고 바스테트의 존재를 알게 될 것이다. 당신은 303호 사진을 보고 한눈에 반할 것이다. 주섬주섬 짐을 챙겨 빗속을 뚫고 택시를 잡아탈 것이다. 흠뻑 젖어 호텔에 도착하면 프런트에서 졸고 있던 주디라는 여자를 만나게 될 것이다. 욕조에서 뜨끈하게 샤워를 마친 뒤 하얀 침구에 얼굴을 묻는 순간 이건 무슨 향일까, 생각할 사이도 없이 정신없이 잠에 빠져들게 될 것이다. 아주 오랜만에 긴 잠을 잘 것이다. 아침에 일어나면 비가 그쳐 있을 것이다. 창밖의 풍광에 반한 당신은 팬케이크를 먹은 뒤 자전거를 빌려 산책을 나설 것이다. 하루 더 머물러야지, 하다가 일주일을 머물게 될 것이다. 바스테트의 꼬리를 만지작거리며 다음을 기약할 것이다. 주디에게 말랭이라는 이름을 어떻게 설명해야 할지 몰라 고민하다가 번역 앱을 켜서 서툰 영어로 설명할 것이다. 관심도 없던 아이돌의 콘서트를 예매하고 인천 공항에서 주디를 기다리게 되는 것은 아주 먼 훗날의 일이다. 그보다 먼저 주디에게 윤아와 유나의 한글 표기법이 다른 이유를

설명해야 할 것이다. 물론 이 모든 것은 당신이 저 빗속
으로 길을 떠난 다음에 일어날 일이다. 당신을 기대하
고 있는 작은 방으로.

803

◎

맴맴

∽

김지연

2018년 『문학동네』를 통해 작품 활동을 시작했다.
소설집 『마음에 없는 소리』, 『조금 망한 사랑』,
중편소설 『태초의 냄새』, 장편소설 『빨간 모자』 등이 있다.
〈김만중문학상 신인상〉, 제12회, 제13회, 제15회
〈젊은작가상〉을 수상했다.

◎

    난수가 전망 좋은 해변에 있는 부티크 호텔을 사흘 밤이나 예약해주었다. 거듭되는 취업 실패로 내가 무척 많이 상심해 있었기 때문이다. 이력서를 몇 장이나 썼는지 면접에서 몇 번이나 미끄러졌는지 헤아리는 것도 지쳤다. 서류에는 그럭저럭 통과하는 편인데 면접에서 자꾸 탈락한다면 성형도 한번 생각해보세요. 취업 게시판에서 그런 글을 보고는 성형외과 상담도 받고 사주를 겸하여 관상을 보는 카페에도 찾아갔다. 현대사회의 미적 기준에 따라서도 관상학적인 측면에 따라서도 역시 성형을 하는 것도 나쁜 선택지는 아닐 것 같았다.

하지만 역시 돈이 문제였다. 꼭 성형 때문만이 아니더라도 취업 준비를 위해서는 돈이 필요했는데 취업을 해야만 돈을 벌 수 있었다. 나는 낙심했고 무기력증에 빠지기 일보 직전이었다.

난수는 그런 내게 필요한 것이야말로 휴식이라며 오롯이 나 혼자만의 시간을 위해 호텔 방을 잡아준 것이었다. 내게 필요한 것이 정말 그것이었을까? 나는 알 수 없는 채로 약간은 등 떠밀려 그곳에 갔다.

작은 캐리어 하나를 끌고 호텔에 도착했을 때 나는 난수의 말이 맞다는 것을 인정했다. 일단 공기부터가 달랐다. 마음의 짐을 완전히 떨쳐버리지는 못했지만 그래도 내게는 휴식이 필요했다. 누군들 안 그렇겠나. 특히나 21세기의 대한민국에서는.

호텔은 생각보다도 더 작은 규모였다. 3층 높이의 건물로 조금 큰 펜션 정도로만 보였다. 하지만 그 점이 마음에 들었다. 대도시에 살면서 면접을 보러 찾아가는 회사가 있는 고층 빌딩의 로비에 주눅이 들곤 했으므로(들어갈 때는 이 회사에 다닐 수도 있다는 기대에 차올랐다가 면접을 망치고 나오면서는 늘 착잡해졌다) 고개를 젖히지 않아도 되는 높이의 아담한 건물을 보자 바로 마음에 들었다.

회전문을 통과해 들어간 로비도 아담했다. 데스크

는 비어 있었다. 작은 벨이 있기는 했지만 급할 것은 없었으므로 나는 잠깐 기다렸다. 호텔 로비에서 나는 편백수 같은 향도 무척 마음에 들었다. 얼마 지나지 않아 직원이 나타나 내게 웃으며 말을 걸었다.

"안녕하세요?"

캐주얼한 차림의 젊은 여자였다. 이십 대 초반 정도로밖에 보이지 않았다.

"안녕하세요. 오늘 예약을 했어요."

"네, 어서 오세요. 실은 오늘 예약한 사람이 한 명뿐이에요."

"저 혼자뿐이라고요?"

"네, 저희가 개업한 지 얼마 안 됐어요. 소문 좀 내주세요."

어쩌면 직원이 아니라 젊은 오너일지도 모른다는 생각을 했다. 주인이 아니더라도 가족이 운영하는 곳일지도 모른다고. 어쩐지 매뉴얼에서 벗어난 멘트들 같았으니까.

"그래서 방이 마음에 안 드시면 얼마든지 바꿔드릴 수도 있어요. 아직 인터넷이 안 들어와서 좀 불편하실 수는 있는데… 일단 한번 가보시죠."

직원이 데스크에서 나와 내 캐리어를 끌고 앞장섰다. 엘리베이터를 타고 3층으로 올라가 복도 끝까지 갔다. 방문을 여는 순간 빛이 느껴졌다. 바다가 훤히 바라

다보이는 방이었다. 안으로 쑥 들어간 직원이 커튼을
젖히자 정오의 햇살을 받은 수면이 그야말로 번쩍거리
고 있었다.

"와."

나도 모르게 탄성을 지르자 직원이 만족스럽다는
듯 내게 키를 건넸다.

"필요한 거 있으면 언제든지 말씀하세요."

직원이 떠난 후 나는 손만 씻고서 캐리어에서 편안
한 옷을 꺼내 갈아입었다. 그날 오후 내내 나는 희디흰
이불에 파묻혀 누워 있기만 했다. 눈을 감고서도 커다
란 창을 통해 빛이 쏟아져 들어오고 있음이 느껴졌다.
그 빛이 점점 사위어가는 것이 아쉬웠다. 그야말로 무
위한 한나절이었으나 이상하게 보람찼다.

눈을 번쩍 뜬 것은 사방이 다 어두워진 다음이었
다. 일어나서 불을 켜니 실내가 너무 밝아져 커튼을 칠
까 하다가 그냥 두었다. 옆 건물이 손에 닿을 듯 가까운
자취방에서는 낮이든 밤이든 커튼으로 창을 꽁꽁 막아
두고 생활했지만 여기서는 창밖에 보이는 것이라곤 바
다뿐이었으므로 누군가와 눈이 마주칠까 염려하지 않
아도 되었다. 난수가 왜 이곳을 예약해주었는지도 알
것 같았다. 달이 없는 밤이라 검은 밤하늘에 별이 콕콕
박혀 있는 것도 잘 보였다. 취업 정보를 나누는 단톡방
에 메시지가 수백 개씩 쌓여 있었지만 읽지 않았다. 뭔

가 이슈가 있는지 함께 취준 중인 중식이 따로 톡을 보냈지만 그것도 읽지 않았다. 하지만 중식은 집요하게 계속 톡을 보냈고 나는 알림을 꺼놓았다가 그냥 아예 폰을 꺼버렸고 누워서 창으로 들어오는 빛이나 구경했다.

마냥 누워 있을 수만은 없었던 것은 허기 때문이었다. 먹을 것이라곤 터미널에서 버스를 기다리면서 산포도 맛 젤리뿐이었다. 2개를 사면 1개를 더 주는 행사 중이어서 3개나 사버렸다. 하나는 터미널에서 먹고 2개가 남아 있었다. 지도 어플을 켜서 주변을 살펴보니 뭔가를 사 먹을 만한 곳이 보이지 않았다. 호텔에 카페가 있긴 했지만 간단한 스낵류만 파는 것 같았다. 그걸로는 성이 차지 않을 게 분명했다. 무언가 따뜻한 것을 먹고 싶었다. 오늘 하루를 지나며 내가 느낀 알 수 없는 만족감을 먹는 것을 통해서도 얻고 싶었다. 배달 어플을 켜봐도 죄다 거리가 멀어 배달비를 5천 원 이상씩 내야만 했고 배달이 가능한 것도 치킨과 피자 같은 기름진 것들뿐이었다.

아주 맛있는 것이 먹고 싶다기보다는 집밥이 먹고 싶었다. 어제 먹고 남은 반찬과 오늘 새로 한 반찬이 뒤섞여 있는, 어떤 것은 삼삼하고 어떤 것은 또 약간 짜기도 한. 그래서 밥을 한 숟갈 더 퍼먹게 되는 그런 집밥을. 하지만 먹을 수 없었으므로 포기했고 카페에 가볼까 하다가 그냥 침대에 누워서 젤리만 씹어 삼켰다. 잠깐 휴대폰을 들여다보다가 양치도 하지 않은 채 잠에 빠졌다.

다음 날 아침 일찍 눈이 떠졌다. 이상하게 배는 별로 고프지 않았지만 입안이 껍껍해 얼른 양치질부터 했다. 샤워를 하면서 오늘 해야 할 일들을 떠올렸다. 해야만 하는 일은 없었고 하고 싶은 일을 하면 됐지만, 그것도 떠올리기가 쉽지 않았다. 아무것도 없는 이곳에서 무엇을 할 수 있을지 알 수 없었다. 거울 앞에 서서 머리를 털면서 잠깐 바닷가를 산책해도 좋겠다고 생각했다. 그전에 호텔 카페에 가서 조식을 먹고 갈 만한 맛집이 주변에 있는지 찾아봐야겠다고 생각했다. 그 나머지 시간에도 딱히 할 일은 없으니 분위기 좋은 카페에서 차나 마시며 시간을 흘려보내도 좋았고 아니면 호텔로 돌아와 그냥 누워 있기만 하기로 했다. 창문을 여니 어렴풋이 파도 소리가 들려왔다. 다시 또 만족감이 차올랐다. 머리를 말리다 지쳐 잠깐 침대 끝에 멍하니 앉아 창밖이나 보았다. 모래사장에 사람이 한 명도 없어 쓸쓸해 보인다고 생각했을 즈음, 창문의 오른쪽 끝에서부터 흰 개 한 마리가 달려왔다. 개는 신이 난 듯 해변을 마구 내달렸고 다시 왔던 길을 되돌아갔다가 다시 왼쪽으로, 내 화면 밖으로 빠져나갔다. 창밖은 다시 쓸쓸해졌는데 이번에는 사람 한 명이 설렁설렁 걸어오기 시작했다. 흰색 셔츠에 회색 추리닝 같은 걸 입고 있었는데 바람이 제법 부는지 옷자락이 마구 펄럭거렸다. 개가 다시 돌아와 사람의 꽁무니를 쫓으며 방방 뛰었다. 무척이나 신이 나 보이는 방방거림이어서 나도 개와 함께 산책을 하고 싶다고 생각했다. 그때 사람이 멈춰 서서 주머니에서 무언가를 꺼내 한참 보았다. 아마도 휴대폰인 것 같았다. 둘은 다시 화면에서 사라져 나도 자리에서 일어났다.

전혀 특별할 거 없는 나의 계획, 계획이랄 것도 없는 그 계획은 조식을 먹는 일에서부터 좌절되었다. 직원이 아무도 없었던 것이다. 나는 1층의 카페에 갔다가 아무도 없어 로비에 앉아서도 한참 기다렸지만 아무도 나타나지 않았다. 도대체 무슨 일인지를 알 수 없어 멍하니 앉아 있기만 했다. 그때 데스크에 있던 전화가 울리기 시작했다. 나는 고민하다가 전화를 받았다.

"여보세요."

"백송희 씨? 송희 씬가요? 왜 휴대폰 전화는 안 받으시나요? 메시지는 확인하셨나요?"

여자는 그동안 무척이나 난감했었다는 듯 말끝에 한숨처럼 시발… 하고 작게 읊조렸다. 나는 그걸 못 들은 사람처럼 물었다.

"도대체 무슨 일이죠?"

"직원들이 모두 앓아누웠어요. 저는 감염병에 걸려

서 격리를 해야 하고요. 송희 씨도 어쩌면 감염되었을지
도 몰라요. 그래서 일주일간 호텔을 떠나실 수 없어요."

나는 기가 차서 헛웃음을 지었다. 하지만 그녀는
진지했고 이것은 코로나와는 차원이 다른, 훨씬 더 심
각한 수준의 감염병이라고 했다. 나는 그런 병에 대해
서 들어본 적이 없었기 때문에 그녀가 농담을 하고 있
는 것만 같았다. 아니면 내가 아직 잠이 덜 깼거나. 어쩌
면 그녀와 난수가 아는 사이일지도 몰랐다. 아무도 예
약하지 않은 갓 오픈한, 아직 인터넷 선도 제대로 깔리
지 않은 호텔을 잡은 것이 다시 생각해보니 수상했다.
하지만 그렇다고는 해도 이런 일을 꾸밀 이유는 없었
다. 나는 안 그래도 삶이 팍팍한 취준생이었는데 나의
가장 가까운 절친이 나에게 이런 시련을 안겨줄 이유는
없는 것이다.

"그래서 지금 호텔에 저뿐이라고요?"

"그건 아니죠. 관리인이 있어요. 그가 송희 씨를 도
와줄 거예요."

"그 사람은 지금 어디 있는데요?"

나는 어디 있는지 모르는, 이름이 뭔지도 어떻게
생겼는지도 모르는 사람이 나와 같은 호텔에 있다는
사실에 약간 무서워졌다.

"호텔에 있죠. 지금 호텔에 있어요."

전화를 끊기 전에는 내가 앞으로 일주일 동안 해야

할 일을 자세히 설명해주었다. 그러나 가만히 듣고 있자니 그것은 내가 해서는 안 되는 일들의 목록이었다.

불행 중 다행으로 원래 예약한 사흘 치의 숙박료를 초과한 숙박료는 부담하지 않아도 된다고 했다. 식사는 도시락으로 제공할 예정이며 호텔을 벗어나서는 안 된다고 했다. 호텔 내에서도 지나치게 이곳저곳을 돌아다니지는 말아달라고 했다. 그렇다면 내가 할 수 있는 일은 호텔 방 안에서 티브이를 보거나 휴대폰 게임을 하거나 창밖을 구경하거나 잠을 자는 것뿐이었다. 원래도 그게 내게 주어진 임무이기는 했었다. 호텔에 머무는 동안 모든 번뇌를 잊고 먹고 자는 것. 그 때문에 난수는 침구가 가장 편안하다는 곳을 골랐다고 했다. 샤워부스도 따로 없는 원룸에 살면서 욕조에 몸을 담그는 일은 동네 목욕탕에 가지 않는 이상 불가능했으므로 호텔 욕조에 배스밤을 풀고 맘 편히 푹 몸을 담그고 싶기도 했다. 그럴 수 있는 시간이 연장되었으므로 반가워해야 하는 것일까? 하지만 의도하지 않는 휴식은 오히려 마음을 불편하게 만들 뿐이었다. 나는 모른 척하고 있었던 집안일들, 다가오는 채용 일정들, 내가 해치울 수밖에 없는 내 몫의 일들, 그리고 장미나무를 떠올렸다.

난수가 생일날 내게 준 것은 꽃다발에 있던 노란색

장미였다. 너무 예뻐서 시들 것이 벌써 아쉽다고 했더니 난수는 그 꽃을 오래 볼 수 있는 방법을, 어쩌면 영원히 간직할 수 있는 방법을 알려주었다.

"제일 쉬운 방법으론 드라이플라워가 있지. 빨래 건조대 같은 데 거꾸로 매달아놓으면 돼. 네 방은 건조한 편이니까 금방 마를 거야. 다 마른 다음에 병에 넣어 밀봉해두면 돼. 근데 아무래도 생화일 때의 맛은 안 살지. 그리고 그거 알아? 풍수지리학적으로 집에 드라이플라워를 두면 안 좋대.

두 번째로는, 레진아트 알아? 거기에 가둬버리는 거야. 아직 싱싱할 때, 줄기는 잘라버리고 꽃만 남겨서 만들면 돼. 똑같은 사이즈의 사각 틀로 여러 개를 만들어서 원하는 만큼 쌓아둘 수도 있을 거야. 아주 생생한 색깔로 살릴 수 있지. 근데 좀 쉽지 않긴 해. 나도 해본 적은 없어.

마지막으론 다시 흙에 심는 거야. 지금 피어 있는 꽃은 곧 시들어버리겠지만 뿌리를 내리고 나면 다음 해엔 새 꽃을 볼 수 있지. 물론 뿌리가 날 거라고 백 퍼센트 장담할 순 없지만 장미 정도면 꽤 성공률이 높은 편이야."

나는 난수가 제시한 안들을 검토해본 다음 인터넷에서 '절화를 키우는 방법'을 검색해서 제일 상단에 결괏값으로 나온 블로그에서 시키는 대로 했다. 기억을 더

듣어보니 학교에서 삽목하는 법 따위를 배웠던 것도 같았다. 녹소토를 사서 꽃과 잎을 떼 줄기만 남은 것을 꽂은 다음 물이 마르지 않게 잘 관리했다. 그저께까지는.

하루 이틀 정도는 무난히 버틸 것 같았다. 하지만 난수가 말한 대로 우리 집은 건조한 편이라 사흘째에는 어떻게 될지 장담할 수 없었다. 영원히 간직하고 싶었는데. 난수에게 집을 좀 들여다봐달라고 하려다가 난수의 집이 우리 집과 편도 두 시간 거리인 것을 상기하며 참았다. 대신 다음에 또 꽃다발을 사달라고 해야겠다고 마음먹었다.

방으로 돌아왔더니 문고리에 도시락에 달려 있었다. 로비까지 왔다 갔다 하는 사이 사람의 기척을 전혀 발견하지 못했기에 무척 신기했다. 창문 밖 풍경을 벗삼아 아침밥을 먹었다. 창밖 풍경이란 건 심심하기 짝이 없었으므로 그제야 나도 내 휴대폰을 볼 생각을 했다. 전원을 켜자마자 메시지들이 속속 도착하기 시작했다. 호텔 직원의 말은 사실이었다. 아직 어디서부터 시작됐는지도 알 수 없는 새로운 감염병이 돌기 시작해 외출이 금지됐고 취준방에 쏟아진 정보들에 따르면 채용 일정도 모두 올스톱되었다. 차라리 잘됐다고 생각하는 마음이 반 다시 또 조급해지는 마음이 반이었다. 휴대폰 배터리가 거의 다 닳아 충전을 하려고 했는데

충전기를 가져오지 않았다는 것을 깨달았다. 그래도 호텔이니까 어디에선가 빌릴 수 있을 거라고 잠깐 기대했다가 지금이 비상사태라는 걸 깨닫고 대책이 생각날 때까지 폰을 꺼두기로 했다. 관리인이라는 사람이 어디 있는지 알 수가 없어서 데스크에 '휴대폰 충전기를 구할 수 있을까요? -205호'라고 쓴 메모를 가져다두었다. 혹시나 해서 내 방문에도 붙여두었다.

그 밖에, 내가 할 수 있는 일은 없었다. 호텔 방에 누워서 내 기분을 다스리는 일뿐이었다. 난수가 권했던 그 일. 호텔에서의 삶이라는 건 그게 다였다. 거기에서 나는 내 기분만 잘 보살피면 됐다. 모든 것은 어제와 마찬가지로 변함없이 쾌적하게 유지되므로 나는 그 밖의 것들에 대해서는 신경 쓰지 않고 그저 나에 대해서만 신경 쓰면 된다. 하지만 무료함은 어떻게 이길 수 있을까? 방에만 있으려니 답답해 잠깐 나갔다 오기로 했다. 호텔 바로 앞에 있는 해변 정도는 괜찮을 것 같았다. 어차피 사람이 거의 없었고 내가 감염이 됐는지 아닌지도 알 수 없었다. 이대로 그냥 집으로 돌아가도 상관없지 않나 싶었는데 버스도 기차도 운행을 하지 않는다고 했다. 정확히는 몰라도 심각한 무슨 일인가가 벌어지고 있는 건 맞는 듯했다.

나는 잘 알지도 못하는 개를 그리워하며 해변을 걸

었다. 바람이 좀 불긴 했지만 여러 겹 옷을 껴입어 대비를 단단히 했기 때문인지 그리 춥진 않았다. 잠깐 모래 사장에 앉아 파도를 보다가 엉덩이를 털고 방으로 돌아왔다.

방은 말끔히 청소되어 있었다. 내가 막 도착했을 때 전처럼. 방문에 붙여두었던 메모는 온데간데없고 그에 대한 회신도 없었다. 나는 관리인이라는 사람이 혹시 외국인은 아닐까? 생각했다.

셋째 날에도 똑같은 하루가 이어졌다. 아침에 잠에서 깨어 창밖의 개와 남자를 구경하고 문고리에 걸린 아침을 먹고 나 역시도 잠깐 산책을 했다. 그리고 돌아오면 방은 말끔해져 있었다. 어제처럼. 특별할 것 없는 일이었다. 호텔이었으므로. 하지만 이런 상황에서 누군가 내가 머무는 방을 다녀갔다는 것이 어쩐지 썩 내키지 않았다. 잠들기 전에는 포도 젤리를 먹었다. 이번에는 잊지 않고 양치질도 했다. 천장을 보고 누워 있다가 밤하늘의 별을 보다가 일기도 썼다.

그다음 날 아침에도 또 방방거리는 개를 보다가 남자의 옷자락이 펄럭이는 걸 보다가 한순간, 저이들은 정말 똑같은 패턴으로 산책을 하네, 라고 생각했다. 매일의 루틴을, 어쩌면 몸에 밴 버릇을 정말이지 성실하게 이행하네, 하고. 문고리에 'Do not disturb' 팻말을 걸어두고 산책을 나갔다. 그럼에도 방은 깨끗이 청소되어 있었다.

완전히 소통에 실패했다는 데 난감함을 느끼며, 누군지 알 수 없는 이와 단둘이 호텔에 있다는 데 약간의 공포를 느끼며 침대에 누워 오후를 보냈다. 달리 뭘 할 수가 있겠는가? 침대에 누워 천장의 실링팬을 무심히 보며 포도 젤리를 씹다가 그런 생각이 들었다. 이렇게까지 깨끗할 수가 있나?

다섯째 날 아침이었다, 같은 하루가 반복되고 있다는 것을 깨달은 것은. 역시나 아침 산책길에 나선 개를 구경하다가 그저 비슷한 패턴으로 산책하는 수준의 동선이 아니라는 것을 깨달았다. 그 개는 어제의 그 개였다. 남자는 어제의 그 남자였고. 관리인이 내 부름에 응답하지 않는 것도 내가 어떤 하루에 갇혀 있기 때문이었다! 나는 모든 걸 깨달았다는 생각으로 침대에서 벌떡 일어났다가 잠시 후 조금 정신을 차리고 사람이 오랫동안 다른 사람과 소통하지 않으면 역시 맛이 가버리는구나, 하고 생각했다. 어쩐지 좀 초조해져서 당이라도 섭취해야겠다는 생각에 남아 있던 젤리 한 봉지를 뜯었다.

나 자신이 서서히 말라가고 있다는 기분이 들었다. 드라이플라워가 되는 건 정말 못할 짓이야. 물기를 다

잃고 채도를 잃고 예전과 비슷한 구석이 있긴 하겠지만 완전히 다른 존재가 되는 거지. 그때는 죽은 거니까. 시체를 계속 보관하는 것과 마찬가지야. 투명한 레진으로 온몸을 보호하는 것은 또 어떻고. 산소와의 접촉이 완전히 차단되어 시간을 봉인하는 것은 어떤 기분일까. 영원히 변하지 않는다는 것은. 썩지 않고 마르지 않고 색을 잃을 일도 없다는 것은. 그건 산 채로 매장하는 것과 또 다르지 않지. 나의 코어를 다른 곳에 옮겨 심어 거기서 다음의 삶을 살아가는 건 어떨까. 과거의 형태를 조금은 간직한 채로 새롭게 적응해나가는 것은 어쩌면 할 수 있는 일일지도 모르지. 그래서 내가 삽목을 선택했는지도 모른다. 장미에게도 시간을 더 주고 싶어서. 나 역시도 장미의 시간을 조금 더 갖고 싶어서.

여섯째 날 아침에는 일찌감치 해변으로 나서서 개가 오기를 기다렸다. 예정된 시간이 가까워오자 개는 남자와 함께 저 멀리서부터 걸어오기 시작했다. 개는 무척 즐거워 보였다. 붉은 혓바닥을 내빼고 헥헥거렸고 누구나 다 반가운 듯 내게도 달려와 인사를 하려고 했지만 남자가 목줄을 잡아끌었다.

"저기요."

스쳐 지나려던 남자를 부르자 남자는 슬쩍 고갯짓만 할 뿐 입을 열지는 않았다. 시국이 시국이다 보니 나를 약간 경계하는 듯도 했다.

"저는 저기 호텔에 묵고 있어요."

내가 해변에서 바라보이는 호텔을 가리키자 남자는 약간 의아한 듯 고개를 갸우뚱했지만 여전히 별말은 하지 않았다.

"저 창에서는 여기가 잘 내려다보이거든요. 그래서 며칠간 아침마다 산책하시는 걸 봤어요. 무척 즐거워 보이시더라고요."

남자는 고개를 저었다.

"아침마다요? 저는 오늘 처음 나왔는걸요."

나는 조금 놀랐다. 터무니없는 가설이라고 생각했는데 남자가 하는 말은 내 가설이 맞을지도 모른다고 부추겼다. 그래서 나는 남자에게도 그 가설을 밝히기로 했다.

"너무 이상한 얘기 같지만요. 저는 그쪽을 벌써 닷새째 봤어요. 이렇게 걷다가요. 개가 먼저 저쪽으로 가고요. 그리고 당신 휴대폰이 울려요. 그럼 주머니에서 폰을 한참 보다가 개를 데리고 다시 왔던 길을 돌아가는 거예요."

그때 남자의 휴대폰에서 알람 소리가 들렸다. 남자는 조금 놀랐다는 듯 눈을 치켜뜨고는 주머니에서 폰을 꺼냈다. 남자는 폰을 확인하고는 다시 주머니에 넣었다.

"그래서 무슨 말씀을 하시고 싶은 건가요?"

"오늘이 며칠이에요?"

"타임루프물에 갇히기라도 했을까봐요?"

남자는 다시 폰을 꺼내 화면에 찍힌 날짜를 내게 보여주더니 미친 여자를 대하듯 하지 않고 호탕하게 웃으며 대꾸했다.

"그렇다면 다행이에요. 이게 저의 행복이거든요."

남자가 개의 목줄을 잡아당기며 이만 가보겠다고 인사하고는 가던 방향으로 걸음을 옮겼다.

나는 난수에게 전화를 걸었다.

"난수야. 아무래도 내가 타임루프물에 갇힌 것 같아."

난수는 잠깐 아무 말도 않더니, 한숨을 푹 내쉬더니 대꾸했다.

"몰랐어? 인생이란 건 기본적으로 타임루프물이야. 매일 똑같은 하루가 반복되는 거지."

내가 갇힌 시간 속에서 맴만 돌고 있다는 생각을 하지 않은 것은 아니다. 모두가 전진하는데 나만 시간 속에 갇힌 것 같았다. 그걸 알면서도 그 난관을 돌파할 묘책을 궁리하지는 않고 절대 주인공은 아닌 사람처럼 똑같은 일만 반복하며 살아가고 있다는 생각도 들었다.

"내가 알려줄게. 갇힌 시간에서 빠져나오는 법 말이야."

모든 걸 다 아는 난수는 그것 역시도 알고 있다는 듯 운을 떼었다. 하지만 나는 난수가 뭐라고 말하기 전에 얼른 그 입을 막아버렸다.

"아니, 아직은 아니야."

난수는 어이가 없다는 듯 하하하 웃었다.

나는 난수와 전화를 끊고 또 멍하니 해변에 앉아 있었다. 아직은 아니야. 다시 한번 생각했다. 아직은 이 시간 언저리를 조금 더 맴돌고 싶었다. 물밀듯이 쏟아져내리는 시간에서 잠깐 떨어져 나와 멈춰 있고 싶었다. 유예일 수도, 모른 척일 수도 있겠지만 그저 잠깐만 쉬고 싶었다. 몸도 마음도 모든 것을 비워두고 내 기분만 살피면서. 그다음에 다시 일상으로 돌아가면 그때는 원하는 방향으로 원하는 만큼 나아가고 싶었다. 어디로 가야 할까. 머릿속으로 가고 싶은 곳을 미리 빙글빙글 돌아다니다가, 그렇게 원하는 만큼 해변에 머물다가 엉덩이를 털고 일어나 호텔로 향했다. 막 로비에 들어서자 데스크에 있던 전화가 울리기 시작했다. 나는 고민하다가 전화를 받았다.

"여보세요."

"백송희 씨? 송희 씬가요? 왜 휴대폰 전화는 안 받으시나요? 메시지는 확인하셨나요?"

여자는 그동안 무척이나 난감했었다는 듯 말끝에 한숨처럼 시발… 하고 작게 읊조렸다. 나는 그걸 못 들은 사람처럼 물었다.

"도대체 무슨 일이죠?"

나는 잠자코 직원의 다음 말을 기다렸다.

804

◎

배웅

~

최유안

2018년 『동아일보』 신춘문예를 통해 작품 활동을 시작했다.
소설집 『보통 맛』, 장편소설 『백 오피스』,
『새벽의 그림자』, 연작소설 『먼 빛들』이 있다.

◎

"체크인 도와드리겠습니다."

강혜원은 웃고 있었다. 박윤수는 강혜원의 웃음을 수습 중인 신입들에게 가끔 샘플로 보이곤 했다. 밋밋하지도 과하지도 않은, 호텔에서 쓰기 좋은 세련된 웃음이라는 거였다. 그런데 박윤수가 모르는 사실이 두 가지 있다. 하나는 하루 종일 웃기 위해 했던 공부와 노력. 눈을 감싸는 안륜근의 움직임을 줄이고, 입술에 붙은 근육만으로 자연스럽게 미소 짓는 방법을 얼마나 오래 연구했는지. 두 번째는 혜원이 생각하는 가장 세련된 웃음은 박윤수의 것이라는 사실. 안륜근과 광대

소근이 마음껏 올라가지만 천박하지 않은 박윤수의 미소에 대한 동경.

체크인 안내를 마친 혜원의 시선이 로비 끝에 닿았다. 박윤수가 로비 맞은 편에서 프런트로 다가오며 혜원에게 눈을 찡긋거렸다. 턱 끝으로 창밖을 가리키는 모습이, 거기까지만 하고 들어가, 그렇게 말하는 것 같았다. 혜원이 무릎한 표정으로 눈을 감았다 뜨며 고개를 끄덕였다. 그사이 박윤수가 부쩍 가까이 다가와 있었다. 때를 놓치지 않고 혜원이 말을 걸었다.

"선배, 생일에는 좀 쉬어요."

무심한 표정이 되어 박윤수가 대답했다.

"그러는 넌 올해 생일에 컴플레인 받지 않았냐? 아이 애착 이불 찾아 달라는 거였지?"

"애착 인형이요."

인형, 이라는 단어를 힘주어 말하는 혜원의 눈썹이 뾰족하게 밀려 올라갔다. 토끼 귀가 아래로 길게 늘어지던 하늘색 애착 인형의 모습이 머릿속을 지나갔다. 이불에 말려 들어갔을 수 있다는 객실팀 이야기를 듣고 지하로 내려가, 두 시간 넘게 산더미처럼 쌓인 세탁물을 뒤져가며 찾은 애착 인형. 혜원은 로비 한가운데 울먹이며 서 있던 아이를 떠올린다. 커다란 방울 고무줄을 하고 귀까지 벌게져 울던 꼬마 친구는 지금, 그 인형을 가지고는 있을까.

돌이켜보니 박윤수는 그날도 혜원의 곁을 지켰다. 생일에는 좀 놀라는 충고를 남기면서. 그의 조언 탓이었던가, 혜원은 그날 굳이 친구들을 만나러 을지로에 나갔다. 수년 만에 만나는 친구들이었지만 숨통이 틔었다. 그때가 기억나서, 혜원은 박윤수에게 생일 파티 같은 걸 하느냐고 물었다. 되려 박윤수가 신소리를 낸다.

"너네랑 한 걸로 충분한데?"

"생일에는 좀 놀라면서요."

"네 나이 땐 놀아야지. 난 퇴근하면 집에 가서 좋아하는 잠이나 잘 거야."

박윤수는 스물두 해 동안 호텔에서 일했다. 결혼도 하지 않았고 아이 생각도 없다. 어린 시절에는 첼리스트를 꿈꿨다지만 그거야 한 때 지나가는 바람일 터였다. 인생의 긴 시간을 인공 향과 함께 한 박윤수에게 호텔이란 무엇일까. 박윤수 쪽으로 우두커니 서 있던 혜원이 물었다.

"선배에게 호텔은 뭐예요?"

음, 하면서 눈으로는 숙박객 목록을 살피던 박윤수가 혜원의 어깨를 살짝 토닥이며 대답했다.

"애착 인형?"

말쑥한 차림새인데도 눈가에 장난기가 자글거리는 박윤수는 방금 뱉은 유머가 스스로 마음에 들었는지 해사하게 웃는다. 혜원의 휴대폰에 진동이 울렸다.

박윤수를 곁눈으로 보며, 혜원이 휴대폰을 손에 들었다. 대학 친구 해준의 연락이었다. 미리보기로 보이는 글자 중에 '故'라고 써진 한자가 또렷했다. 아, 입술 사이로 짧게 한숨이 터져 나왔다. 혜원의 생일에 만난 해준은 아버지의 위암 증세가 점점 심해지고 있다고 했다. 얼마 안 가실 것 같아. 그렇게 말하던 해준의 목소리도 또렷했다. 메시지를 눌렀다.

故 고해준.
진해 해강장례식장 302호.
고인의 명복을 빕니다.

이게…… 끝인가? 부고에서 해준 아버지의 성함으로 보이는 이름을 다시 찾았다. 고, 고해준. 고, 고해준. 두어 번 다시 살펴도 고인의 이름은 친구 해준뿐이었다. 머리카락이 소름처럼 서는 느낌이었다. 스팸 같은 건가.

"오늘의 애착 인형은 이 정도 갖고 놀았으면 됐다. 어서 가."

박윤수의 말을 듣고 네, 대답하며 돌아서서 백 오피스로 돌아가는 혜원의 목소리는 어느새 한 톤 낮아져 있었다. 심장이 쿵쾅댈 때, 마치 균형을 맞추듯 외부로 나오는 반응이 차가워지는 건 버릇 같은 거였다. 잰

걸음으로 사무실로 들어가면서 휴대폰을 다시 활성화시켰다. 들어가면 검색을 먼저 해봐야지. 요즘 유행하는 스팸 유형이나, 장례식장 피싱 유형 같은 걸로. 대체 어떤 못된 인간이 이렇게나 심각한 장난을 치는 거지?

'故 고해준' 글자 왼쪽 옆에 동그랗게 붙어 있는 해준의 증명사진은, 몇 년 전부터 해준의 카카오톡 프로필 사진이었다. 혜원은 엄지손톱만 한 크기의 사진에서 한동안 눈을 떼지 못했다. 치아로 아랫입술을 지그시 물었다 떼며, 혜원은 해준의 번호로 전화를 걸었다. 혹시 보이스피싱 같은 거라면, 입을 먼저 떼지 말고 그쪽에서 하는 말을 듣고 있다가 꺼버리자, 생각하면서.

통화음 두 번 만에 전화는 연결되었다. 혜원은 마른침을 거칠게 삼켰다.

"고해준 씨 휴대폰입니다. 저는 고해준 씨 동생 고성준입니다."

어라.

전기가 통하는 것처럼 발끝이 저릿했다. 그런 시나리오에 대응할 말을 준비하지 못했으므로, 혜원은 가만히 서 있는 것 말고 도리가 없었다. 상대방도 말을 기다리는지 전화를 끊지 않았다. 보이스피싱의 두려움 따위는 이미 다 머릿속에서 안개처럼 흩어져가고 있었다.

"문자가 사실인가요?"

단어 사이마다 목소리 끝이 갈라져 나왔다.

"그렇습니다."

혜원은 눈을 꿈뻑였다. 탈의실 전등 빛이 깜빡거렸다.

잠시 침묵이 흘렀다.

그러고도 아무 말 하지 못했다.

침묵이 또 흘렀다.

말을 잃은 혜원에게, 해준의 동생이라고 자신을 소개한 사람이 천천히 입을 떼었다.

"형이 최근에 연락했던 친구분들에게 연락을 돌렸습니다."

몇 달 전 혜원의 생일에 만났던 사람 중에 해준이 있었다. 해준은 둘의 또 다른 친구 선의와 혜원의 생일을 맞아 을지로까지 왔었다. 간판도 없는 와인바에서 셋은 칠레산 레드 와인 한 병을 다 마시고 헤어졌다. 그날 두 시간 동안 해준이 어땠더라. 야위어 보이거나 슬퍼 보였나. 얼굴이 검거나 표정이 칙칙했나.

"저랑 만난 날도 아픈 데가 없었거든요."

혜원의 말에 답하는 동생의 목소리도 부쩍 낮아져 있었다.

"네. 일이 있기 바로 전날에도 전조 증상이 없었어요."

왜. 짧아진 숨을 토해냈다. 왜, 그 사람이 죽죠? 혜원이 하지 못한 말을 이미 알고 있다는 듯, 동생은 설명을 시작했다. 아버지 칠순으로 셋이서 함께 방콕 여행을 갔노라고. 혜원은 전화기를 붙잡고 그가 뱉는 이야기를 들으면서 해준이 죽을 수 있는 시나리오를 상상하기 시작했다. 그가 알고 보니 우울 증세를 겪고 있었다든지, 바다에 갔다가 빠졌다든지, 산에 올랐다가 실족했다든지, 교통사고라든지, 누군가의 칼에 찔리는 상상도 했다. 상상할 수 있는 모든 것을 상상했다. 그런 극적인 상황을 상정하지 않고서야 어제도 몰랐고 그제도 몰랐던 해준의 부재를, 어떻게 갑자기, 이해할 수 있다는 건가? 잘 지내다 다시 만나자고 돌아서던 그의 뒷모습이 아직 선연한데, 그가 서른아홉에 이렇게나 갑작스레 이름만 남긴 존재가 되었다는 사실을, 도대체 어떻게 이해하라는 건가.

"아침에 호텔 조식도 잘 먹었고, 점심에는 아버지를 모시고 시내 구경도 가고, 다같이 발 마사지도 받았고요, 저녁에 들어와 일찍 잠에 들고 싶다고 하더군요. 내일이 아버지 칠순이니까 어서 자고 일어나서 하루 종일 즐겁게 놀자고, 그렇게 말하고는 방으로 들어가 잠을 잤어요. 그대로 일어나지 못했습니다."

말문이 막혔다. 네, 짧은 동조도 쉽게 나오지 않았다. 대신 툭 눈물이 터져 나왔다.

"해외에서 사망하면 절차가 복잡해져서 지난주 토요일에 화장을 마치고 이제야 데려왔습니다."

거쿨진 그의 음성에도 울먹임이 섞여 있었다. 톤이 높고 문장을 내미는 속도가 빠른 해준보다 느리고 차가운 목소리였다. 해준에게 전화를 걸고 싶었다. 아직 혜원의 귀에 해준의 목소리가 또렷하게 남아 있었다. 그러나 이제는 그가 이 세상에 없다는 거 아닌가. 동생과 연락하고 있는 이 번호가 아니라면 해준과 연락을 나눌 다른 방법을 모르는데.

혜원은 전화를 끊은 후에도 한동안 자신이 서 있는 작은 원의 반경 밖으로 벗어나지 못했다. 해준이 죽었다는 소식은 이제 정말이어야 했다. 겨우 발을 떼어 캐비닛 앞으로 몸을 끌고 갔다. 혜원은 아랫입술을 질끈 깨물었다. 안륜근과 광대근이 거세게 들어 올려졌다. 웃음을 훈련할 때 쓰던 근육들을, 인간은 울 때도 사용하게 되어 있었다. 인간의 생김은 어째서 이렇게나 가혹한지.

혜원은 캐비닛을 열어, 출근할 때 입었던 옷으로 갈아입었다. 하필 밝은 청바지에 가벼운 흰 셔츠 차림이었다. 캐비닛 문에 붙어 있는 거울로 차림을 보고 있다가 혜원은 입술을 앙다물었다.

매일 하는 거잖아. 자고 일어나는 거. 왜 그걸 못했어.

호텔을 나온 혜원은 익숙한 숫자의 버스에 올랐다. 지친 승객들이 창문 밖의 어둠을 바라보거나 휴대폰을 보거나 잠을 자고 있었다. 사람은 제 기준에서 생각하기 마련이니, 지친 쪽이 그들이 아니라 혜원일 수도 있었다. 꽉 채워 살아온 하루의 익숙한 마지막 풍경이었다. 해준 역시 하루를 꾹꾹 눌러사는 사람이었다. 그의 통근길은 성수에서 수원, 혜원의 통근길은 소공동에서 파주, 다를 것 없는 여정이었다. 혜원에게 그렇듯, 해준에게도 내일의, 일주일의 계획이 있을 터였다. 혜원의 귀에 꽂아둔 이어폰에서 기타 연주와 단조로운 노랫말으로만 이루어진 솔로곡이 흘러나왔다. 바깥으로 어둠이 음악 소리를 따라 흘렀다.

해준은 어둠 속으로 떠난 건가. 문득 들어찬 생각에 혜원은 입술을 모로 세우고는 손가락을 들어 무선 이어폰으로 귀를 더 틀어막았다. 이곳이 빛이고 저곳은 어둠인가. 빛이 있는 쪽은 안전한가. 혜원은 창밖으로 어둠이 자동차에서 나오는 빛을 품는 장면을 바라보았다. 문득 혜원은 버스 하차벨을 눌렀다.

버스는 한 정거장 뒤에 혜원을 내려주었다. 마침 눈앞에서 초록색 신호등이 깜빡거렸다. 어둠 속에 흰 줄이 희미해진 횡단보도를 서둘러 지났다. 버스 정거장에 다시 서 있다가, 잠시 후에 도착한 버스에 올랐다. 여섯 정거장이면 서울역에 데려다주는 버스였다. 계획에 없던 일을 하는 건 참 오랜만이었다.

진해로 가려면 우선 부산이나 창원으로 가는 기차를 타야 했다. 저녁이 깊어가는 탓인지 기차 한 좌석 정도는 구하기 쉬웠다. 중년의 남자 직원은 세 시간만 기차에 앉아 있으면 부산에 도착한다고 했다. 직원이 코레일 앱을 깔면 할인이 된다고 친절히 알려주었지만, 혜원은 쓸모없을 거라고 말하며 옅게 웃었다. 차표를 사고 두리번거렸다. 정리 중인 게 틀림없는 아웃렛에 무작정 들어가 검정색 상하의를 집히는 대로 사서 들고 나왔다.

혜원에게 진해행은 세 번째였다. 첫 번째는 어렸을 때 가족들과 간 여행이었고, 두 번째는 십 년 전쯤, 친구 무리와 함께였다. 혜원은 아직 문을 닫지 않은 롯데리아로 들어가 이천오백 원짜리 커피를 사 들고 대합실로 나왔다. 하루의 피로가 포개져 눅눅한 몸이 바닥으로 쏠려 내려가는 기분이었다. 커피를 한 모금 마시다가, 배가 꼬르륵, 세미하게 소리치는 것이 들렸다. 밥을 먹을 만한 곳이 없을까 둘러봤다. 플랫폼 쪽으로 향하는 대합실 테라스가 눈에 띄었다. 그제야 친구들과 진해에 가려고 부산행 기차를 타던 날이 기억났다. 진해 출신인 친구가 해준만 있는 건 아닌데도, 해준이 그 기억 안에 있었다.

그때 해준과 혜원은 지금보다는 더 가까웠다. 집안 사정이나 연애 감정 따위를 아무런 여과 없이 공유하던 시절이었다. 친구 다섯과 부산행 무궁화호 기차표를 끊어놓고, 대합실 테라스에 앉아 김밥을 먹었을 때 배가 꼬르륵거리던 것도 기억난다. 없는 돈을 겨우 모아

출발한 여행이지만, 진해로 넘어가기 전에 지역 주민들만 아는 광안리 앞 횟집은 꼭 들르자고 해준이 말했었다. 여름의 한낮이었다. 여행에 설렌 건지, 기차를 타는데 들떴던 건지, 모두 약간 흥분해 있었던 것 같다. 진해로 가는 세 번째 여행이 해준의 마지막을 기리기 위한 여정일 줄을 그때는 알았을 리 없다.

인간은 죽지 않을 것처럼 오늘을 살지만, 죽음은 생각보다 흔하다. 죽은 가족이 없는 사람은 없고, 죽지 않은 사람도 없다. 그러니까 해준이 죽었다는 건 자연스러운 일이어야 마땅하다. 그는 기대보다 조금 더 일찍 인간 세계를 떠났을 뿐이다. 해준이 살아 있었을 때에도, 죽은 지금도, 혜원의 생활 역시 변할 게 없다. 3교대 근무, 쉬는 시간에는 카페 가서 책을 읽거나 영화를 보는 일상, 적당히 즐겁거나 적당히 고통스러운 삶. 매일 특별할 것도 모날 것도 없는 삶.

그럼에도 친구가 죽는 건 적응이 잘 되지 않는 이상한 일이었다. 슬픔을 껴안은 기분이 작은 파도처럼 일렁였다. 부모나 형제가 죽는 일과는 결이 달랐다. 살이 찢어지고 뼈가 끊어지는 것 같은 아픔이 아니었다. 비명을 지르거나 슬픔에 파묻히지 않았다. 언어로 설명할수 없는 감정들이 잔물결처럼 몸을 치고 지났다. 그리고 다시, 또다시. 반복적으로 몸을 파고들어 치고 지났다. 애착된 감정이 썰물의 파도처럼. 찰싹, 찰싹.

해준을 알았던 이십 년 가까이 해준이 혜원에게, 혜원이 해준에게 강력한 무엇이어야 할 필요는 없었다. 그저 해준이 이 땅을 살다 갔다는 그것 하나. 남은 사실은 오로지 그것뿐이었다. 해준과의 관계는 이렇게 끝나버릴까. 해준은 차츰 기억에서 사라질까. 편린처럼 혜원을 떠돌까. 죽음과 삶은 모든 순간에 하나라는 걸, 기억하게 할까.

혜원은 편의점에서 김밥 한 줄을 들고 플랫폼으로 향했다. 플랫폼을 걷는 동안 유리창 너머를 힐끗거렸다. 기차 안에는 사람들이 생각보다 많이 들어차 있었다. 10호차는 멀지 않았고 객실 안에는 매캐한 생활 냄새가 공기 중에 떠돌았다. 피곤한 사람들의 하품 소리와 눅진한 공기가 모여들었다. 혜원의 좌석은 창가에 붙어 있었고, 주변으로는 아무도 없었다. 좌석에 앉아 플랫폼을 바라보았다. 지금까지 혜원을 이루던 풍경이 온통 호텔인 탓인지, 눈에 보이는 모든 것들이 낯설었다.

혜원은 가방에 넣어둔 김밥을 꺼내 포장 한쪽 끝을 뜯었다. 김밥 한 알을 입에 넣고 꼭꼭 씹었다. 기차가 천천히 움직이기 시작했다. 바깥의 어둠을 기차가 뿜는 흰빛이 그었다. 어떤 인연으로 해준은 혜원에게 다가왔다 사라진 걸까. 해준이 존재했던 하루를, 일주일을, 한 달을, 일 년을, 십 년을, 끝내 못 채운 이십 년을, 혜원은 어떤 모습으로 채웠나. 기차가 서울 도심 밖으로 빠져나갔다. 도시의 빛이 사라지자 빛을 대신 채우듯 어둠이 삽시간에 깊어졌다.

부산역에 내려 진해에 있는 장례식장까지 가려면 빠르게 움직여도 자정을 훌쩍 넘길 터였다. 해준을 지키는 가족이 몇이나 있을지 모르겠지만, 너무 늦은 밤에 가는 건 실례라고 생각했다. 숙박 예약 앱을 켜고, 예약 가능한 호텔을 검색했다. 역 근처 적당한 객실로 예약하자마자 버틸 만큼 버텼다는 듯 몸이 노곤해졌다. 결국 김밥 한 줄을 다 먹지 못한 채 잠이 들었다. 잠은 일종의 멀미라고, 누군가 혜원에게 해주었던 말을 기억하면서.

잠결에 두 번인가 일어났고, 그때마다 하늘은 온통 어둠이었다. 빛을 품으며 기차가 어둠을 달렸다.

*

기차에서 빠져나오자 어느새 삽연해진 바람이 불었다.

깊은 잠에서 깨어나 몽롱한 그대로, 플랫폼을 올라가 대합실로 빠져나왔다. 대학생 정도로 되어 보이는 네댓의 무리가 혜원을 지나쳐 앞서갔다. 십수 년 전 혜

배웅

91

원과 해준이 이룬 무리처럼, 그들은 들떠 있었다. 저들 무리에서 누군가는 생각지 못한 일을 겪기도 하고, 서로 싸우기도 하고, 자연스레 시간이 흐르며 서로를 잊기도 하겠지. 언제가 될지, 어떤 방식이 될지, 어째서 그렇게 되는지 지금은 누구도 알 수 없겠지만. 혜원은 소란스레 휴가 계획을 짜는 그들을 지나쳐 역 바깥으로 빠져나왔다.

혜원이 예약한 호텔은 부산역의 동쪽 끝에 있었다. 여름의 더위가 완전히 식지 않은 부산의 가을밤은 들떠 있었다. 어디선가 쿵쿵 소리가 났고 주변으로 휴가객들의 흥 돋은 소리도 자주 들렸다. 피곤한 숨을 몰아쉬며, 혜원은 예약해둔 호텔을 향해 갔다. 호텔에 닿은 작은 횡단보도를 건너자 여느 호텔처럼 자동차가 선회할 수 있는 원형 도로와 잘 정돈한 관목으로 꾸민 화단이 보였다. 작은 보폭으로 자동 회전문을 지나 호텔 안으로 들어섰다. 프런트 지배인이 혜원을 향해 고개를 숙였다.

화려한 샹들리에, 쏟아지는 빛. 혜원에게 가장 익숙한 풍경이었다. 불과 몇 시간 전 혜원 자신의 모습이기도 했다. 문득 그 공간이, 빛 아래에 두 조각으로 쪼개진 것처럼 보였다. 프런트 안쪽의 자리, 프런트 바깥의 자리. 혜원의 자리를 차지한 다른 지배인과 바깥에 선 혜원 자신. 프런트는 공간을 빌려주고 다시 돌려받는 자리였다. 안쪽의 환한 빛이 바깥의 검은 어둠에게, 바깥에서 몰려 들어온 어둠이 안쪽에 고여 있던 빛에게. 서로의 자리를 빌려주고 있었다. 혜원 자신도 때가 되면 자신이 그토록 아끼는 저 자리를 나와야 할 터였다. 해준이 자신의 공간을, 삶을 빌려 쓰다 떠났듯이. 끝이 있는 삶의 속성이 늘 그렇듯이.

지배인은 출입구에서 안쪽으로 들어오는 혜원을 향해 웃었다. 입술을 살짝 올린, 자연스럽지만 잘 훈련된 웃음이었다. 이곳에서는 당신이 평안하기를 바란다는 의미였다. 혜원은 이름도 모르는 그에게 애틋함을 느꼈다. 오늘은 그의 생일일 수도 있고, 오늘 하루가 썩 쉽지 않았을지도 모르고, 지인이 죽었을지도 몰랐다. 오늘 하루가 어떻든, 우리의 일생이 어떻든, 우리는 같은 자리에 서서 웃는다. 지켜야 할 것들을 지키며. 빌려쓴 그 자리가 언젠가 끝나더라도.

다정하고 깊은 음성으로 지배인이 말을 건넸다.

"체크인 도와드리겠습니다."

805

◎

부소니 호텔, 가을

∿

기준영

2009년 『문학동네』를 통해 작품 활동을 시작했다.
소설집 『연애소설』, 『이상한 정열』, 『사치와 고요』,
장편소설 『와일드 펀치』, 『우리가 통과한 밤』 등이 있다.
〈창비장편소설상〉, 〈젊은작가상〉 등을 수상했다.

◎

　염세정이 딸에게 듣기로, 원희지는 사춘기를 잘못
보낸 운동 천재라고 했다.

　"엄마, 정말이야. 어렸을 때 걔는 엄청나게 빨리 달
렸고, 굉장히 높이까지 뛰었어. 그렇지만 주님이 걔가
뛰도록 허락하지 않으셨어. 그래서 운동선수가 되지
못한 거야. 엄마가 칠 년 전에 걔를 진심으로 만났더라
면 어떻게 해서든 걜 도와주고 싶었을 거야. 희지네 집
이 불에 탔을 때, 도의적인 차원에서라도 말이야. 하지
만 엄마는 그때 나한테조차도 무관심했지. 밤낮으로
일만 했잖아. 엄마는 엄마의 문제를 피해서 일로 도망

쳤어. 그래서 희지랑 내가 친해지게 된 거야. 우린 '답이 없는 삶'이란 개념을 열한 살 때 사이좋게 공유했어."

염세정은 딸 권보경이 원희지에 대해 이야기할 때 눈빛과 목소리 톤에 은은하게 광기가 서리는 걸 보면서 놀라기도 했거니와, 말끝에 자기한테로 화살을 돌리기까지 하는 데는 어안이 벙벙하며 숨이 턱 막힐 지경이었다.

'쟤가 왜 저러지? 얌전하기만 하던 애가 오늘 이상한 쪽으로 말문이 트였네. 내가 문제를 피해 뭐 어디로 도망쳤다고? 도의적인 차원과 답이 없는 삶이 어쩌고 저쩌고! 아아, 우리 엄마가 예전에 나보고 딱 너 같은 아이 낳아서 고생 좀 해봐라 하며 푸념하던 게 떠오른다. 그때 결심한 대로 결혼하지 말았어야 했는데. 정말이지 이 상황에서 도망치고 싶구나. 숲으로, 숲으로 걸어 들어가고 있다고 생각해보자.'

염세정은 화를 누르느라 얼굴이 붉어진 채로, 피톤치드를 뿜는 나무들 사이로 걸어 들어가는 자신을 상상해보며 잠시 숨을 골랐고, 그러고 난 뒤에야 정상 맥박을 되찾고는 딸에게 찬찬히 따져 물었다.

"그래, 그게 네가 그 원희지인가 뭔가 하는 애의 버킷리스트를 같이 이뤄보겠다고 하는 이유야?"

"응. 꼭 같이하고 싶어."

"그러니까, 그게 네 진심이라고?"

"응, 분명하게 진심으로 그래. 엄마 말대로 걔한테 자극받아서 이러는 게 아니야. 걔가 나한테 뭘 어떻게 하자고 조른 건 아무것도 없어."

"휴, 알겠어. 내가 졌다. 내일 아침에 선생님께 전화를 드려볼게."

"와! 고마워, 엄마. 선생님한테는 자세한 얘기는 절대로, 절대로 하지 말고. 그럼 나중에 나만 피곤해진다고."

염세정은 지난봄에 딸이 계절성 알레르기로 인해 눈꺼풀이 가렵고 목이 깔깔해서 수업에 집중하기 어렵다면서 조퇴를 반복해댄 통에 딸의 담임으로부터 자주 전화를 받았다. 그때마다 그는 딸이 내과와 이비인후과에 다니며 치료를 받아온 게 사실이며, 아이가 힘들다고 하니 조퇴하는 게 맞지 않겠느냐고 답할 수밖에 없었는데, 그러면 원칙주의자인 담임이 곧장 혀를 차며 이렇게 충고하곤 했다.

"쯧쯧. 보경이가 그렇게 허약해서 어떡한대요. 그저께는 아침부터 책상에 그냥 엎드려 있던데, 보양식이라도 잘 챙겨 먹여야 하는 게 아닐까요. 이래서는 참 곤란해요. 보경이 어머님, 고2가 얼마나 중요한 시기인지 모르시지는 않잖아요."

염세정은 학기 초반에는 아무래도 첫인상이 중요하다는 생각에 나름 애써서 실상을 설명하려 들었다. 자기는 오래전부터 건강한 식단을 꾸려오고 있으며,

딸이 계절성 질환을 앓는 것은 부계 쪽의 유전으로 인한 것이지 괜한 핑계가 아니라고. 또 누구나 똑같은 상황에서 똑같은 인내심을 발휘하는 게 아닌 만큼 딸아이를 너그럽게 보아주시기를 부탁드린다면서. 하지만 같은 일이 되풀이되다 보니 절반쯤은 체념하는 심정이 되어 '그러게요. 참, 나. 아하하하' 웃어넘기고는, 학생들에게 신경 써주시는 선생님을 만난 걸 복이라고 생각한다는 둥, 선생님이 고생이 참 많으시다는 둥 하는 영혼 없는 아부로 추임새를 넣게 되었다.

'내가 또 그걸 반복해야 한다니!'

염세정은 다음 날 담임과 신경전을 벌일 일을 떠올리니 절로 한숨이 나왔다. 권보경이 그런 엄마를 곁눈질하더니 스마트폰을 쓱 내밀고는 갑자기 존댓말을 써가며 부드럽게 종용했다.

"그런데 엄마, 그 전에 잊지 말고 우선 여기, 이 호텔에 먼저 전화해줘요. 엄마가 보호자라고, 동행할 거라고 이야기해주고 예약하면 돼."

부소니 호텔은 경포 해변에서 가까웠고, 올해 오픈 3주년을 맞는 곳이라 숙소 컨디션이 좋았다. 지난여름 호텔의 인스타그램에는 '좋은 사람과 아름다운 가을 추억 만들기'란 테마로 3주년 기념 이벤트를 공지하는 글이 주기적으로 떠올랐다. 짤막한 기대의 글을 호텔 홈페이지 게시판에 비공개로 남기면, 참가자 중 스무 명을 추첨해 호텔 숙박권 등의 상품을 제공한다는 내용이었다.

원희지가 일찌감치 이 이벤트에 참여해두었다. 보고 싶은 친구와 가을날 이틀간을 부소니 호텔에서 보내고 싶다고 살뜰히 적고서, 성인 보호자가 그 여정에 동행하리라는 말도 잊지 않고 덧붙인 뒤에 높은음자리표와 반짝이는 별 모양의 이모티콘을 넣었다. 호텔 2박 숙박권은 1등 상품으로 다섯 명에게 주어졌다. 2등 상품은 호텔 저녁 식사권과 영화 예매권이었고, 3등 상품은 호텔 로고가 프린트된 전동칫솔과 머그잔이었다.

원희지는 숙박권에 당첨되었다는 소식을 이벤트 담당자로부터 전해 들은 날 깜짝 놀랐다. 그는 가끔 편의점에서 메이플 빵을 사곤 했는데, 빵 봉지를 뜯을 때마다 거기서 '팬텀' 스티커가 사은품으로 나오길 기대하곤 했지만 아직 그 스티커를 실물로 보지 못했다. '팬텀'은 하얀 슈트를 입고 푸른 깃털이 달린 모자를 쓴 중성적인 도적 캐릭터의 명칭이었다. 그간 그가 두 번 이상 뽑은 캐릭터 스티커라면 오직 단 하나, 귀여운 '주황버섯'뿐이었다.

그는 온라인 쇼핑몰에서 여행 가방과 옷가지부터 둘러본 다음 권보경에게 전화를 걸었다.

"보경아, 너 강릉에 가본 적 있니?"

갑자기 맞닥뜨린 질문에 권보경이 배시시 웃으며 대꾸했다.

"없어. 왜?"

"우리 거기서 만날래? 재미있을 거야."

"여행 가자고? 정말로?"

"응. 너희 엄마 도움을 좀 받으면 어떨까 싶은데. 실은 그래야 가능하거든."

권보경은 이 뜻밖의 제안이 너무나 반가워서 손뼉을 치며 환호했다. 엄마에게 어떤 식으로 이야기를 꺼내면 좋을지는 좀 고민이 되었기에 그는 미루고 미루다가 더는 미룰 수는 없는 날에 이르러 제 방에서 무릎을 꿇고 기도를 올렸다.

"모든 것을 주관하시는 하느님, 저와 제 친구 희지와 저희 엄마를 보살펴 주세요. 제가 해야 할 말을 잘할 수 있게 도와주세요. 좋은 날씨가 이어지게 해주세요. 악마가 우리 사이를 방해하지 않게 해주세요."

이 기도는 전능한 신에게 올리는 것이었지만, 딸의 방 앞을 서성이던 불완전한 엄마에게 먼저 가닿았다. 염세정은 딸을 강건하게 키우고 싶었는데 결국 그렇게 하지 못했다는 깨달음이 솟아나 딸의 방문 앞에서 멈칫하며 당황했다. '해주세요'를 반복하는 딸의 목소리가, 그 미묘한 억양이 나약한 남편을 훔치듯 닮아 있었다.

염세정은 남들 하는 만큼은 자식을 밀어주고 끌어

주려고 주야로 바쁘게 살아왔다. 재작년까지만 해도 디자인 사무실에서 회계 일을 보면서 부업으로 영어 과외를 뛰었다. 대전에 사는 친정어머니에게 아이를 맡기고서 무능한 남편 몫까지 다 해내려고 안달복달했던 날도 있었다. 그런데 이런 엄마를 넘겨보면서 자라난 아이는 이제 어지간해서는 큰 목소리를 내지 않는 눈치 빠른 청소년이 되었다. 요사이 집 밖에서는 허약한 체질로나 이목을 끄는 모양이었고, 친정엄마에게서는 기도하는 습관을 물려받았다. 십 대 초반에 대전에서 일 년 남짓 지내며 사귄 친구가 지금까지도 가장 친한 단짝인 걸 보면, 사실 가장 심각한 문제는 그런 게 아닐까 싶어 걱정도 되고 속도 상했다. 하지만 이 모든 걸 결함으로 손꼽고 곱씹을수록 입맛만 더 써질 뿐 이제 와 무얼 더 어쩌겠는가. 세월을 되돌려 꼬인 매듭을 다 풀어낼 수 있는 묘책이 있다면 또 모를까 해묵은 일들로 새삼 속을 시끄럽게 만들어가며 밤을 지새울 수는 없는 노릇이었다. 그럴 에너지는 이제 그에게 없었다. 그래서 그는 그날 밤에 수면유도제를 한 알을 미지근한 물과 함께 꿀꺽 삼키고서 일찌감치 잠자리에 들었다. 다음날 딸이 '버킷리스트' 운운하며 방언 터지듯 안 하던 말들을 쏟아내고, 자기가 거기에 큰 저항 없이 말려들어 부소니 호텔로 순순히 예약 전화를 넣게 될 줄은 꿈에도 모르고서.

　원희지는 대전에서 고속버스로, 염세정과 권보경
은 서울에서 KTX를 타고 강릉까지 움직였다. 그들은
부소니 호텔 로비에서 오후 네 시쯤에 모여 인사를 나
눈 뒤에 곧바로 함께 체크인했다. 하늘이 청명하고 햇
빛이 좋은 날이었다.

　원래 염세정은 딸과 딸의 친구에게 같은 방을 쓰게
하고 자기는 같은 층에 있는 다른 방을 따로 예약해두
려고 했었다. 그런데 호텔 측에서 오션 뷰가 끝내주는
3인실을 제공해줄 수도 있다며 새로운 선택지를 제시
하는 바람에 셋이서 이 건을 놓고 영상통화로 잠깐 상
의하는 시간을 가졌다. 그들은 결국 뷰가 좋은 3인실을
이용해보기로 했다.

　염세정이 영상으로 먼저 만나본 원희지는 작고 귀
여운 인상이었고 활달하게 말을 잘했다. 그는 보호자
역할을 부탁받은 입장이긴 했지만, 생각을 달리해보면
예민한 십 대가 왕래도 없던 친구의 엄마에게까지 제
행운을 나눠준 것이기도 해서 원희지가 사사건건 민감
하게 굴 수도 있으리라고도 지레짐작했었다. 그런데 예
상과는 달리 원희지 쪽에서 먼저 이렇게 말하고 나서며
그의 근심을 덜어주었다.

　"걱정하지 마세요. 저는 싫은 거는 싫다고 솔직하

게 말해요. 억지로 하는 건 아예 없어요. 제가 어렸을 때 빈집에서 혼자 지낼 때가 많았었기 때문에 이런 게 차라리 새로워요. 여행은 다른 시간을 살아보려고 하는 거잖아요. 책에서 보니까 그런 말이 있더라고요. 저는 여행을 거의 못 해봤는데도 그게 무슨 뜻인지 알아듣겠던데요."

염세정이 듣기에 그 말의 내용과 또렷한 목소리, 발음 모두에 거슬리는 데가 하나도 없었다.

첫날 저녁에 그들은 횟집에서 든든하게 식사를 마치고서 경포 해변에서 파도와 노을이 어우러지는 경관을 바라보았다. 염세정은 피곤하다는 핑계로 아이들을 바닷가에 남겨둔 채 먼저 호텔로 들어왔다. 객실 테라스에 테이블이 놓여 있어서 거기서도 바닷가 풍경이 한눈에 들어왔다. 그는 느긋하게 샤워를 하고 커피를 한 잔 내려서 테라스에서 다 마셨다.

무엇이 버킷리스트인지 묻지 못했다는 생각이 그때 찾아들었다. 그저 친구와 바닷가에 온다는 게 죽기 전에 꼭 해보고 싶은 일 중 하나일 리는 없었다. 무엇보다 죽음을 내다보며 오늘을 새로 쓰기에는 아이들이 너무 어렸다. 그는 기차 안에서 딸이 제게 한 당부를 잘 염두에 두고 있었다. 꼬치꼬치 캐물으며 선을 넘는 질문은 되도록 하지 말라는 것이었다. 그쯤이야 어려울

게 없다고 자신했지만 이제 그는 헷갈리고 있었다. 무엇이 선을 넘는 질문일까. 짜릿한 전류가 흐르는 위험한 선이 이 막연한 삼각관계 어디에 매복되어 있단 말인가?

'모르겠어. 내가 보호자를 자처하며 여기 와 무슨 이벤트를 감당하고 있는 건지 아까보다도 지금에 와 더 모르겠어. 이렇게 훌쩍 나이 든 것도, 여전히 삶에 편안하고 원만해지지 못한 채인 것도, 내 자식이 제 친구 손을 잡고서 자기들끼리만의 무엇을 존중해달라고 넌지시 눈치 주는 이 순간에 대해서도 어쩔 줄을 모르겠어. 다 모르겠어. 그런데 아무려나 자연은 예쁘기도 하다.'

그는 어렸을 때 구구단 7단을 자꾸 틀리게 외워 나머지 공부를 했던 일이 떠올랐고, 지금 회계를 보는 자기가 예전에 어떻게 그럴 수 있었는지 통 모르겠는 것처럼 그 옛날 교실에서 자기의 모자란 능력을 막막해하던 그 꼬마가 지금의 자기를 통 모르고 있으리란 생각이 들었다. 그는 객실의 책상 의자에 놓인 원희지의 자그마한 배낭이 깨끗한 흰색인 걸 가만히 바라보았다. 그러다 감기 기운이 느껴져서 딸에게 문자 메시지를 남겨 놓고 먼저 잠자리에 들었다.

다음 날 세 사람은 낮에 깔깔거리며 많은 사진들을 찍었다. 솔숲 사이를 오갔고, 시장통을 걸었고, 다시 바닷가로 나가 파도에 발을 적시고 모래 위에 손 그림을 그렸다. 그는 어떤 사진 속에서는 활짝 웃고 있었지만, 또 어떤 스냅 사진 속에서는 꼭 울 것 같은 표정이었다. 순간순간 괜찮은 보호자 노릇을 해서 딸에게도, 또 사춘기를 잘못 보낸 그 운동 천재에게도 깊은 인상을 남기고 싶다는 충동이 일어 그걸 잘 다스려야 했다. 자신도 다 헤아릴 길 없는 그 돌연한 욕망이 그를 부자연스럽게 만들었다.

그러다 염세정은 결국 그 둘째 날 밤에 주워 담지도 못할 많은 말들을 했다. 사랑이 미움이 될 때, 신념이 고집이 될 때 그가 느꼈던 두려움에 관한 일화들이 그의 입에서 그냥 저절로 흐르는 물처럼 쏟아져 나왔다. 원희지와 권보경이 제법 어른스러운 태도로 경청하며 흥미를 보였기에 가능했던 일이었지만 그는 새날이 밝기도 전에 간밤의 일을 후회했다.

'주책바가지가 다 되었네. 어쩌면 좋아.'

그는 아침에 일어나자마자 자기 허벅지를 손바닥으로 찰싹 때리며 그 말도 두어 번 중얼거렸다.

하지만 그의 실언들, 세련되지 못한 태도와 말투, 방심하는 순간마다 어김없이 밖으로 튀어 나온 성격적 결함들, 초조함과 강박은 그만의 특별한 무엇이 아니므로 쉬이 잊히거나 간혹 누군가의 필요에 따라서 유머러스하게 미화될 것이었다. 염세정은 서울로 돌아오는 길에 그 점을 차츰 이해하며 수치심을 지워냈다. 그가 정작 제대로 기억하고 싶은 순간은 따로 있었는데, 예컨대 그의 허물없는 순간들에 대한 어떤 보답처럼 딸의 친구가 보여준 미소와 그에 얽힌 꿈 이야기 같은 거였다.

마지막 날 다 같이 산책을 하던 중에 염세정이 원희지에게 왜 운동을 더 하지 않기로 했는지 물었다. 그때 갑자기 곁으로 바짝 따라붙은 딸이 그의 팔꿈치를 살짝 꼬집었고, 원희지가 미소를 지으며 뜻밖에 열한 살 때 화재 사고를 겪었던 이야기를 들려주었다.

"모르겠어요. 제가 그때 빨리 구조가 되어서 크게 다친 데는 없었거든요. 저는 그렇게 방치된 채로 혼자 지냈는데도 결정적인 순간에 제때 발견된 케이스였던 거예요. 의식을 잃고 구급차에 실려 병원으로 가던 중, 갑자기 정신이 번쩍 들면서 눈이 떠졌고, 상황이 이해되더라고요. 안도감이 막 밀려들면서 잠도 막 쏟아졌지요. 그때 제가 꾼 꿈이 이런 거예요."

원희지가 지금도 생생하게 기억하고 있는 당시의 꿈속 첫 장면은 자신을 켄터키 대학의 신경학자라고 소개한 브라이튼 교수와 텅 빈 야외 축구장의 잔디밭에서 한국말로 통성명한 것이었다. 브라이튼 교수는 그 축구장 부지에 생명공학 연구소가 들어설 예정이라고 이야기해주었다. 원희지는 처음 보는 사람에게서 뜻밖의 정보를 얻게 된 게 신기해서 저절로 입이 약간 벌어졌다. 하늘에는 먹구름이 낮게 깔려 있었다. 턱수염과 콧수염을 짧게 기른 브라이튼 교수는 푸른 눈동자에 체격이 컸고, 짙푸른 트렌치코트 차림이었으며, 유리 원통 하나를 왼쪽 겨드랑이에 끼고 있었다. 원희지는 얼핏 그 유리통에 산호초가 담긴 걸 본 듯해 호기심을 드러냈다. 그러자 브라이튼 교수가 그에게로 유리통을 내밀어 보이며 한때 이웃이었던 열두 살 남자아이의 오른손을 운반 중이라고 대답했다. 원희지가 다가가 살펴보니 투명한 용액에 정말로 사람의 손이 잠겨 있었다. 절단된 손목 바깥으로 혈관과 신경 다발이 비죽비죽 나와 있는 게 보였다.

"사고가 났나요?"

원희지가 창백해진 낯빛으로 묻자 브라이튼 교수는 고개를 한번 끄덕이고는, 그렇더라도 그 손은 본래 모습대로 완벽하게 접합될 것이고 소년은 전보다 예민한 촉각을 지니고 살아가게 되리라며 미소 지었다. 브라이튼 교수는 소년의 이름도 친절하게 알려주었는데, 그때 잔디밭 위로 헬기 한 대가 내려앉았기에 소년의 이름은 소음에 묻히고 말았다.

그다음 장면은 비약하여 두 사람은 어느새 헬기를 타고 하늘을 날고 있었다. 조종석이 빈 채라 원희지는 가슴이 철렁 내려앉았으나 이내 누군가가 어딘가에서 헬기를 원격 조정하고 있으리라고 유추해보며 상황을 받아들였다. 그들은 난기류 속에서 어떤 섬으로 이송되는 중이었다. 브라이튼 교수가 편치 않은 여정이 되리라면서 원희지에게 잠시만이라도 유리통을 들어줄 수 있겠냐기에 그는 얼른 그걸 넘겨받았다. 그제야 그는 그 유리통이 매우 차가운 물건이라는 걸 알아챘다. 소름이 오소소 돋고 몸이 파르르 떨렸다. 브라이튼 교수는 분위기를 부드럽게 풀어가려고 추억을 소환했다. 그는 케이팝을 좋아했던 옛 애인 덕분에 자기도 덩달아 한국말을 깨우치게 되었다면서, 이제 서른여섯이 되었을 옛 연인 넬과 넬의 엄격한 어머니 마사가 언젠가는 발걸음 가볍게 한국에 놀러 올 수 있도록 어여쁜 초대장을 만들어 보낼 계획이라며 너스레를 떨었다.

"우리 사이에 몇 가지 지독한 오해가 있기는 했지만, 다 지난 일이니까요."

헬기가 흔들리더니 두 바퀴 회전했다. 원희지는 외마디 비명을 지르며 두 눈을 꼭 감았다. 그는 공포감을 떨치려고 브라이튼 교수가 언급한 지독한 오해란 무엇일까 하는 질문을 구조 로프처럼 붙잡았다. 지독한 비행의 곤란함과 곤혹스러움, 공포에 견줄 만한 그릇된 이해겠지. 그릇된 이해. 헛발길질 같은 이해. 그는 유리통을 심장 가까이 힘껏 끌어안았다.

기체의 떨림이 잦아들었다. 그는 과연 무사히 착륙할 수 있을지, 브라이튼 교수가 자기를 어디까지 인도

할 수 있을는지 궁금해하며 눈을 떴다. 헬기는 이제 에메랄드빛 바다 위를 날고 있었다. 브라이튼 교수가 그를 돌아보며 눈웃음을 지었다.

그들은 강릉에 모여들었을 때와 같은 교통수단을 이용해 서로에게서 멀어졌다. 서울로 돌아오는 기차 안에서 권보경은 이어폰을 귀에 꽂은 채 제 엄마 곁에서 곤히 잠이 들었다. 염세정은 잠든 딸의 모습을 가만히 보며 속으로 속삭였다.
'얘, 네 친구 그 애가 내게 자기가 아는 우정에 대해서 이렇게 말했지.'
그는 원희지의 모습을 떠올렸고, 사람과 사람이 이어지는 타이밍에 대해서, 가을이 짧은 것에 대해서 생각하며 잠시 우수에 잠겼다.

"제 꿈 얘기 참 우습죠? 안 웃기세요? 생각하면 전 지금도 웃음이 실실 나거든요. 화재에 대한 트라우마 같은 게 저한테 거의 없어요. 제가 그날 병원 밖으로 나오면서 야, 오늘이 진짜 내 생일이다, 하고 생각했으니까요. 보경이는 그때 제 걱정을 하도 많이 했는지, 외려 보경이가 그 일 이후로 심약한 상상을 가끔 심각하게 하고 그러죠. 그래서 제가 얘한테는 평생 애프터서비스 하려고요. 곽보경 전담 웃음의 전도사로 틈틈이 활약

하는 게 제 야심 찬 버킷리스트예요. 며칠간 같이 해주

셔서 정말 감사합니다."

806

◎

웰컴 투 더 시티

～

나푸름

2014년 『경향신문』 신춘문예를 통해 작품 활동을 시작했다.
소설집 『아직 살아 있습니다』가 있다.

◎

시 외곽에 자리한 P 호텔의 4층은 국가 공인 격리 시설이다. 바깥에서 온 외부자들은 얼마나 멀거나 가까운 거리에서 왔는지와 관계없이, 의무적으로 P 호텔에서 2주간의 격리 기간을 갖는다. 혹시라도 달고 왔을 감염병에 대한 예방 차원이기도 했고, 격리 대상에게는 이곳 환경에 적응할 시간을 주기 위해서이기도 했다. 어떤 이들은 쉽게 익숙해졌지만, 또 어떤 이들은 2주 동안 조금도 적응하지 못한 채 고문과도 같은 시간을 견디다 격리가 해제되면 곧바로 왔던 곳으로 되돌아갔다. 비율은 반반이었다. 반은 적응하고, 반은 진저리를 치며 이곳을 떠난다. P 호텔은 여행객을 받는 일반적인 숙박 시설이라기보다, 이쪽과 저쪽을 가르는 일종의 중립지대로 취급됐다. 그 안에서는 시의 조례나 국가의 법, 인간의 윤리는 살짝 흐려진 상태로 떠돌았다.

　나는 하루에 한 번 P 호텔 4층 격리 대상들의 식사를 챙기는 일을 했다. 그래봤자 객실 현관문 맨 아래쪽에 달린 식사 투입구를 위로 열어, 그 안에 하루 치 식사를 밀어 넣는 것뿐이다. 하지만 누군가의 끼니를 해결해준다는 건 생활 전반을 책임져주는 일과 같았다. 그들은 4층을 오가는 유일한 사람인 내게 말을 걸기를 즐겼다. 매일 마주치다 보니 불편한 일이 생겨도 전화를 걸어 안내 데스크에 항의하는 것보다 내게 직접 말하는 식으로 해결하기를 선호했다. 격리자들은 객실에서 발생한 문제가 아니더라도 본인 이야기를 불쑥 꺼내기도 했다.

　하지만 나와 말하기를 즐긴다고 해서 상대가 꼭 내게 호의를 보인다는 말은 아니었다. 403호는 매번 불만 섞인 어조로 짜증을 내며, 도대체 이딴 호텔에 어떻게 2주씩이나 갇혀 있으라는 건지 모르겠다고 했다. 옆방이 체크인한 이후부터 이상한 소리가 들리고, 내가 가져다준 식사는 형편없으며, 침대에서는 꿉꿉한 여름 장마 냄새가 난다고 했다. 그건 지금이 정말 여름철 장마기간이고, 음식은 당신네 고장 음식을 흉내 낸 것에 불과하며, 옆방도 당신과 마찬가지로 진상이기 때문이었지만, 그런 말을 입 밖으로 꺼내지는 않았다. 나는 카트에서 꺼낸 403호의 하루 치 식사를 투입구에 밀어 넣으며, "죄송합니다, 손님. 시정하겠습니다"라고 마음에 없는 소리를 했다.

어차피 내가 해결해줄 수 있는 문제는 아니었다. 날씨를 바꿀 수도, 내가 알지 못하는 고장의 음식을 공수할 수도, 옆방 격리자의 움직임을 통제할 수도 없었다. 그렇게 순순히 사과하면 403호의 주의는 어느새 형편없지만 고향의 맛을 흉내라도 낸 음식을 향했다. 그래도 403호 정도면 평범했다. 404호에 비하면 그랬다.

나는 카트를 끌고 404호에 노크했다. 이 호텔에 묵은 지 일주일이 넘었는데도, 404호는 한 번도 식사를 찾지 않았다. 404호는 처음부터 식사 준비는 필요 없다고 했다. 관리인에게 전화로 보고하자, "그 방에는 빈 도시락통만 넣으세요"라는 식으로 해결책 같지 않은 답만 던져주었다.

노크를 들은 404호는 밝은 목소리로 나를 반겼다. 일주일간 격리되어 곪은 사람답지 않게 쾌활했다. 나는 404호가 어떻게 먹지 않고 살아갈 수 있는지 묻지 않고, 그냥 특이한 사람으로 취급했다. 호텔 내에는 외부 음식 반입이 금지되어 있었지만 어떻게 숨겨 왔을지도 몰랐다.

404호는 내게 빈 도시락통을 내밀고, 나는 404호에게 새 도시락통을 내밀었다. 처음에는 어쩌면 이 흔한 디자인의 플라스틱 도시락통이 404호의 식사라고 생각하기도 했다. 다음 날 그대로 도시락통을 반납하는 404호를 보고 추측이 틀렸다는 걸 알았다. 그래서 어떤 날은 관리자에게 통상 보고하며 슬쩍 물었다. 아침마다 벌어지는 빈 도시락통 교환이 도대체 무슨 의미이냐고 말이다. 관리자는 이렇게 답했다.

"손님이 먹지 않는다고 해서, 우리 쪽에서 야박하게 식사도 준비해주지 않았다는 인상을 줄 수는 없으니까요. 그렇다고 진짜 도시락을 가져다준다면 손님이 온 곳의 문화를 이해해주지 않는다는 인식을 줄 수 있으니 빈 도시락통을 주는 겁니다. 일종의 체면치레죠."

그때 나는 관리자의 말을 거의 이해할 수 없었지만, 마치 전부 알아들은 사람처럼 천천히 고개를 끄덕였다. 내게는 그게 일종의 체면치레였다.

404호는 내가 건넨 새 도시락통을 옆으로 밀어 넣고 어제의 대화를 마저 이어갔다.

"생각해보세요, 그건 단지 경제적인 결정일 뿐이 아니라 환경에도 도움이 됩니다. 제 몸이 평생 만들어낼 음식물 쓰레기가 제 몸무게만큼밖에 안 되는 거죠."

나는 열정적인 태도로 설명하는 404호의 목소리를 들으며, 성가시다고 생각했다. 빈 도시락통 하나만 전해주면 끝날 일이, 자꾸만 길어지고 있었다. 나는 귀찮은 마음을 참아가며 대충 맞장구를 쳤다.

"아아, 정말 그렇게 되면 좋겠네요."

그러자 404호가 반색했다.

"정말인가요?"

"네, 물론이죠. 그렇게 되면 음식점도 망하고, 슈퍼도 망하고, 식품 공장도 망하고, 식품 회사도 망하겠지만 그게 무슨 상관인가요? 쓰레기가 줄어드는데 말이죠."

나는 시무룩해진 404호를 남겨둔 채 식사 투입구를 닫았다.

처음에는 바깥에서 온 이 환경론자가 신기해서 대화를 이어나간 적도 있었다. 그러나 내 문제는 어떤 일이든 쉽게 흥미를 잃는다는 거였다. 404호가 말을 멈추지 않으면서, 내 입에서 나오는 말들은 점점 비아냥으로 바뀌었다. 저런 말을 들어주는 것도 하루 이틀이었다. 세상에, 자기 자신으로만 살아가는 사람이라니. 지나치게 개인주의적인 데다 무정부주의적이었다.

그 뒤에는 그나마 다루기 쉬운 손님들이 이어졌다. 405호는 땀을 많이 흘려서 아침 식사를 가져다줄 때마다 새 시트를 작게 접어 투입구에 밀어 넣어주었고, 406호는 병적으로 씻는 일에 집착해서 비누를 넉넉하게 챙겨주었다. 406호는 내가 밀어 넣은 비누를 손끝으로 집어 올린 뒤, 찰싹거리는 발소리와 함께 방 안으로 사라졌다. 406호는 이 지역의 공기가 지나치게 더러워 창문조차 열 수 없다고 불평하곤 했다. 삼 일 뒤면 406호의 격리 기간이 끝난다. 격리가 끝나면 틀림없이 왔던 곳으로 돌아갈 거다.

위생에 민감한 406호가 미쳐서 도시에 들어가겠다고 해도 반나절 만에 눈물 콧물을 쏟으며 집에 돌아가고 싶다고 할 정도로, 우리 시의 공기 오염 수준은 최악이었다. 나는 그걸 24시간 공기청정기가 돌아가는 P 호텔에서 일하면서 깨달았다. 원래는 그런 너저분하고 꿉꿉한 공기 질이 보통인 줄 알았다. 그러니 이런 별 볼일 없는 지역을 격리 기간까지 감수하며 들어가겠다는 사람은 통상 그중 하나였다. 기자, 범죄자, 환경론자, 사이비. 혹은 넷 중 하나가 되어 어설픈 희망을 품고 도망친 고향으로 다시 기어 들어온 실패한 인생들.

소문에 따르면 아주 먼 곳에서 온 이들은 우리와 생김새부터 다르다고 한다. 나는 그렇게 다른 존재들을 정면에서 마주한 적은 없다. 격리자들의 체크인과 체크아웃은 내 업무 영역이 아니었다. 나는 객실 안에서만 격리자들을 마주할 뿐, 그들이 객실에 들어가고 나가는 모습은 본 적이 없다. 격리자들은 2주간 매일 나와 마주치지만, 우리는 서로의 전체를 보지 못한다. 호기심 많은 격리자라면 현관문에 달린 외시경으로 마스크를 쓴 나를 볼 테고, 나는 격리자들의 손만 겨우 눈에 담을 뿐이다. 보통은 평범하고 드물게 독특하다. 마디가 부족해 물갈퀴 같은 손, 피부가 라텍스처럼 늘어난다거나 도저히 손으로 보이지 않지만 손의 기능을 하는 신체 부위를 본 적도 있다. 나는 때때로 그들이 피부로도 호흡할 수 있을지, 신체의 남은 부분도 말랑거린다거나 제멋대로 생겼을지 상상하기도 했다. 그러나 지금의 나는 낯선 모습의 방문자들 또한 여타 인간들과 크게 다르지 않다는 걸 안다. 차이보다 공통점이 더 크게 보이는 거다. 다들 불평하고 먹고 싸며, 난 자리는 더럽다. 그건 아무리 멀리서 와도 마찬가지다. 부정적인 부분은 귀신같이 똑같다.

오전에 식사 배달을 마치면 오후 퇴근 시간이 될 때까지 격리자들이 떠난 빈 객실을 청소하고, 다음 날에 체크인하거나 체크아웃하는 격리 인원을 확인했다. 오늘은 401호와 402호를 청소해야 했다. 401호는 격리가 끝나면 이 지역을 여행한다고 했지만, 402호는 집으로 돌아간다고 했다. 역시 반반의 비율이었다.

나는 부지런히 몸을 움직여 고무장갑을 낀 손으로 20리터짜리 쓰레기봉투를 집어 들고 401호에 이어 402호를 청소했다. 하우스키퍼들이 격리 구간으로 쓰이는 4층 청소를 꺼리면서 내게 떨어진 일이었지만 불만은 없었다. 일반 호텔처럼 손님이 원할 때마다 청소해야 하는 것도 아니고, 격리가 끝난 객실만 청소하면

됐다. 2주에 한 번 청소하는 꼴이라 객실 내부가 심각하게 파손되는 때도 있었지만 호텔에서는 그만큼 돈을 쳐줬고, 손님들이 객실에 남긴 물건을 살펴보는 일도 흥미로웠다. 몇 가지를 주머니에 넣어 챙겨도 들킬 일이 없다. 잊고 간 물건 때문에 이 호텔을 다시 찾을 정도로 이곳에서 중요한 무언가를 잃어버리는 이도 없었을 뿐더러, 무엇보다 P 호텔은 그들이 다시 찾지 않을 만큼 먼 외곽에 있었다.

그렇다고 난장판에서 보물을 발견하는 일은 없다. 나는 침대 아래에서 찾은 양말 한 짝, 빈 미니어처 술병, 반납하지 않은 도시락통을 쓰레기봉투에 욱여넣고, 휴지로 가득 찬 변기를 뚫고, 거뭇한 곰팡이가 가득 낀 욕조를 청소 솔로 닦았다. 화장대는 벽에 붙은 거울이 조각나 깨져 있어 특히 조심해서 치웠고, 401호와 맞닿은 벽의 벽지가 반쯤 뜯겨 있어서 남은 벽지까지 뜯어내야 했다.

나는 402호의 목소리를 떠올렸다. 예의 있고 조용한 손님으로, 격리 기간 중 컴플레인을 건 내용은 하나뿐이었다. 밤마다 들려오는 401호의 심한 코골이를 좀 어떻게 해달라는 거였다. 하지만 남는 방도 없고, 평생 코를 골았다는 401호의 코골이를 갑작스레 없앨 수도 없어서 결국 아무 조치도 취하지 않고 "죄송합니다"라고 거듭 말했다.

"그쪽이 코를 고는 것도 아닌데요."

402호는 내 사과에 쓸쓸하게 대꾸했다. 나는 402호의 벽 상태를 관리자에게 보고했다. 관리자는 새 벽지와 도배용 풀, 긴 사다리의 위치를 알려주며 내게 해결하라고 했다. 나는 지친 목소리로 말했다.

"그래도 402호가 집으로 간다니 다행이네요."

그렇게 정신 나간 사람이 도시로 가서 무슨 말썽을 부릴지 알 수 없기에 한 말이었다. 그러자 관리자는 모호한 표정으로 답했다.

"402호가 막판에 마음을 바꿨습니다. 시를 여행하겠다더군요."

나는 어쩌면 402호가 401호를 따라갔는지 모르겠다고 생각했다. 벽지까지 보수하고 나자 겨우 퇴근 시간이 되었다.

다음 날 오전, 나는 다시 격리 대상들에게 하루치 식사를 나눠주었다. 이번에도 비슷한 불만을 토로하는 403호에게 도시락을 전하고, 404호에게 빈 도시락통을 가져다주었다. 404호는 내가 건넨 빈 도시락통을 받은 뒤, 내가 전날 주었던 빈 도시락통을 투입구 바깥까지 손을 뻗어 내밀었다. 나는 복도 밖으로 나온 404호의 손을 무심코 바라보았다. 404호 검지 끝에 붉은 자국이 묻어 있었다.

처음에는 그게 핏자국인 줄 알았다. 그런데 객실

안에서 무언가가 변질하는 냄새가 났다. 아무래도 404
호는 단식을 하는 게 아니라 무언가를 숨겨 들여온 모
양이었다. 나는 내게 말을 거는 404호의 말을 반쯤 흘
려들으며 좀 더 자세히 객실 냄새를 맡았다. 방에서 미
미하게 썩은 내가 났다. 냄새는 404호의 숨에도 섞여
있었다. 덥고 습한 날씨에 들고 온 음식이 기어이 상해
버렸나 보다. 나는 풍겨오는 악취에 고개를 숙이고 입
으로 숨을 쉬었다. 슬슬 복도로까지 퍼지는 냄새에 비
위가 상했다.

　나는 말을 걸어오려는 404호를 무시하고 거칠게
투입구를 닫았다. 언젠가 보았던 기사를 기억했다. 어
떤 마을에서 넘쳐나는 음식물 쓰레기의 처분을 고민하
다, 후처리 없이 그대로 가축에게 먹였는데, 가축의 살
에서 쓰레기 냄새가 깊게 배어 살을 떼어다 팔 수가 없
었다는 기사였다. 404호가 먹은 쓰레기 때문에 404호
에게는 쓰레기 냄새가 났다. 나는 경험상 알 수 있었다.
얼마 안 가 객실에도 그 냄새가 밸 거다.

　나는 남은 호실에도 도시락을 전달한 뒤, 404호에
관련한 특이 사항을 관리자에게 보고했다. 관리자의
반응은 벽지가 훼손됐다고 했을 때와 별반 다르지 않
았다. 어차피 격리 기간이 얼마 남지 않은 손님이니 나
갈 때까지 기다렸다 청소를 하라는 거였다.

　"지금 당장 어쩌지 않으면 404호가 나가도 방에 배

인 냄새가 사라지지 않을 수 있어요. 그럼 다음으로 그 방에 들어온 손님은 제게 불평하겠죠!"

"그게 본인 일이지 않습니까?"

"저는 애초에 식사 담당이잖아요. 제게 그럴 의무는 없어요!"

"당신은 저들에게 책임이 있습니다. 식사를 챙긴다는 건 그런 의미입니다."

나는 관리자가 지나치게 박하게 군다고 여겼다. 그러다 생각했다. 어쩌면 관리자는 단순히 4층에 전혀 신경을 쓰지 않는 거다. 4층의 격리자들을 만난 사람은 나뿐이었다. 관리자도 그들이 존재한다는 걸 데이터로만 인식하지, 그들을 직접 만나고 이야기를 나누는 건 나뿐이다. 그러니 그들의 존재를 신경 쓰는 사람도 나뿐인 걸지도 몰랐다.

그 뒤로 며칠에 걸쳐 404호가 먹는 음식에 대해 생각했다. 손에 묻은 붉은 자국을 본 이후로 다른 자국은 보지 못했다. 404호의 입가에 잔뜩 묻어 있을 음식 잔여물을 떠올리기도 했지만 나는 404호의 얼굴을 본 적도 없으므로 그건 전부 상상에 불과했다.

그날 오후, 나는 404호를 비롯해 4층에서 수거된 도시락통을 소각장에 버리고 있었다. 도시락 안의 음식은 전부 달랐지만, 객실 안에서만 지내느라 만성적인 소화 불량에 시달리는 통에 404호를 제외한 격리자들은 모두 음식을 남겼다. 나는 그들의 음식을 궁금해 하지 않았다. 중요한 건 전달이었고, 내게 전해지는 도시락은 완전히 밀봉되어 냄새도 나지 않았다. 불투명한 케이스 안에서는 제대로 식별도 안 돼서, 음식의 흔적은 오직 먹은 사람들이 풍기는 냄새를 통해 은근하게 포착될 뿐이었다. 그러니 내가 가장 잘 식별할 수 있는 도시락은 밀봉될 필요조차 없던 404호의 빈 도시락통이었다. 이제 격리자들 중 가장 고약한 악취를 풍기는 건 404호였다. 축축하게 물러지고 시큼하게 산화하여 벌레가 꼬이기 시작한 고기 찌꺼기 같은 냄새.

　나는 404호의 텅 빈 도시락통을 열어놓은 채 넋 놓고 바라보다, 반짝거리는 표면을 눈치챘다. 어떤 음식도 담기지 않아 반들반들해야 할 부분이 미묘하게 빛나고 있었다. 자세히 보자 그건 혀로 핥은 자국같이 보였다. 아무래도 404호는 빈 도시락통을 그릇으로 사용하고 있나 보다. 그러니, 사실 여태까지 빈 도시락통은 계속 비어 있던 게 아니었다.

　다음 날, 나는 심증을 굳히기 위해 404호에게 먼저 말을 걸었다.

　"손님이 방 안에 음식을 숨겨둔 걸 알고 있어요. 빈 도시락통 위에 올려 먹고 있죠? 혀로 얼마나 싹싹 핥아 먹었는지, 표면이 반짝반짝하더군요. 그렇게 맛있나 보죠?"

"…숨겨둘 필요는 없습니다. 제 식사는 항상 제 품에 있는걸요. 안타깝게도 아무것도 먹지 않고 살 수는 없으니까요. 맛있다고는 할 수 없어요. 오히려 지루한 저작 운동이고 소화 활동에 불과합니다. 상실과 재생의 반복이죠."

나는 404호가 말을 더할수록 의뭉스러워졌다. 404호는 음식을 먹는 행위 자체를 신체 활동을 위한 의무처럼 묘사했다. 식사를 귀찮고 버겁게 느끼는 이들은 종종 있었다. 하지만 404호의 반응은 그런 이들과는 조금 달랐다.

"원한다면 지금이라도 제대로 된 음식을 드리겠습니다."

"제 것보다 제게 맞는 음식은 없을 텐데요? 그래도 희망적이군요. 당신도 제가 먹고사는 방식에 관심이 있는 거예요, 그죠?"

"뭐든, 따라 하고 싶지는 않네요."

404호의 식사 투입구를 닫았다. 나머지 호수의 식사를 챙기는 것도 무시하고, 지하 1층에 있는 창고 한편에 마련된 작은 사무실로 향했다. 그곳에서 404호에게 배당됐던 식사 관련 파일을 찾아보았다. 그런데 그런 게 없었다. 나는 그제야 깨달았다.

다시 4층으로 천천히 올라갔다. 카트는 여전히 404호 앞에 버려져 있었고, 아직 식사를 받지 못한 격리자들이 식사 투입구를 스스로 올리고 손을 내밀어 바닥을 더듬었다. 각 호실에서 저마다의 이유로 소리를 질러댔다.

"이봐! 도시락을 안 줬잖아!" "음식 냄새는 나는데?" "주지 않으면 문을 열고 나갈 줄 알아." "시끄러워, 제발 조용히 좀 해!"

나는 카트를 거칠게 끌고 405호와 406호에 도시락을 밀어 넣어 준 뒤 강제로 투입구를 내렸다. 격자자들은 여전히 시끄럽게 불평을 쏟아냈다. 도시락이 잘못 배달됐다거나, 이게 도대체 무슨 음식이냐며 질색하는 말도 들렸다. 나는 대꾸하지 않은 채 웅성거리는 목소리들 사이로 404호 앞에서 물었다.

"손님, 식사라는 게 손님 자신인가요?"

404호에서는 말이 없었다. 순간 4층에서 정적이 흘렀다. 그 정적이, 다들 무언가를 먹고 있기 때문이라는 걸 깨달았다.

"제 몸을 먹는다니, 얼마나 합리적입니까. 여기서 희생되는 존재는 저 하나인데요."

404호가 천천히 입을 움직여 무언가를 씹는 소리가 들렸다. 고무같이 질긴 것을 버겁게 씹어내고, 너무 익어 무른 복숭아처럼 즙이 많은 어떤 것을 빨아 먹는 듯한 소리도 들려왔다. 한 차례 목 넘김이 끝나고, 그가 느릿하게 입을 움직였다.

"음식을 먹는 순간이 고통이 되면, 우리는 비로소 자연에 대해 이해하게 됩니다. 질긴 살을 씹어 삼키고 피를 받아 마시면, 베어진 살과 손실된 피의 부분들이 내가 씹고 마신 살과 피로 언젠가 채워지게 되는 거죠. 상실과 재생의 반복입니다. 자연에서 짐승이 죽은 자리에 벌레가 돌고 또 다른 짐승이 배를 채우고, 또 시간이 지나 풀이 나는 것과 다름없죠. 스스로를 먹는 행위는, 우리 자체가 살아 있는 자연이 되는 행위인 겁니다. 죽음을 겪을 필요도 없이, 그것도 매우 효율적인 방식으로 말이죠."

나는 그제야 404호의 말을 조금이나마 이해했다. 생각해보니 404호는 처음부터 몸을 음식물 쓰레기에 비유했다. 그게 비유가 아니라면, 살아가는 동안 404호의 몸은 양식이 된다는 소리다. 제 몸만큼이 음식이고 음식물 쓰레기다.

다음 날, 격리 기간이 끝난 406호는 고향으로 돌아갔다. 401호와 402호에는 새로운 격리자들이 들어왔다. 406호가 지내던 객실 화장실은 붉은 곰팡이로 가득했다. 락스를 부어 더러운 화장실을 청소했다. 그날 이후 404호와는 대화를 나누지 않았고, 빈 도시락통도 넣어 주지 않았다. 서로 체면치레할 시기는 이미 지났다고 보았다. 이후 404호의 격리 기간이 마무리되고, 관리인은 내가 물어보기도 전에 404호가 도시로 향했다고 했다.

　나는 아침에 본, 코가 잘린 외지인에 대한 뉴스를 곱씹으며 뒤늦게 생각했다. 4층의 손님들은 정말 단순한 격리자들일까. 전염병을 예방한다며 만든 객실의 문은 교도소처럼 식사 투입구가 달려 있고, 체크아웃한 격리자들은 시내에서 한 번도 마주친 적이 없다. 어쩌면 이곳은 격리 구간이 아니라 2주라는 짧은 형을 사는 교도소일지도 모른다. 나는 식사 담당이 아닌, 교도관으로 고용된 걸지도 모른다. 그렇지만 아무래도 교도관보다 식사 담당으로 채용하는 게 더 저렴했던 거겠지. 그렇다면 우리의 도시는 무엇일까. 잡범들의 정착지와 실패자들의 정착지 중 무엇이 더 어울릴까.

　나는 곧 망상을 버렸다. 404호가 자기 몸을 먹는 건 범죄가 아니다. 그의 식량이, 손 같지 않은 신체 부분을 손이라고 주장하는 것만큼 이상한지 모르겠다. 그의 말대로 그건 다른 사람에게 손해를 끼치는 일이 아니다. 막말로 그가 나를 먹겠다는 것도 아니며, 그 하나 때문에 동네 식당이 망하지는 않을 거다. 그의 고장에서는 그런 식의 삶이 평범할 수 있다. 태어나면서부터 제 몫의 식량을 쥐고 나오는 셈이다. 그런 존재들은 평생 굶주림을 겪지 않거나 평생 굶주린 채로 살아가겠지. 내가 체크아웃한 격리자들을 시내에서 만나지 못한 건, 내가 알고 있는 정보가 그들의 손과 목소리뿐이기 때문일 거다. 게다가 그들이 진짜 범죄자일지라도, 혹은 바깥을 견디지 못하고 고향으로 돌아온 실패자라고 해도, 우리 도시는 2주간의 격리 기간을 거친 자들이라면 누구라도 환영할 것이다.

나는 생각했다. 하나의 존재가 우리의 세계로 들어온다는 건, 그 존재가 우리의 세상에 적응해야 한다는 뜻인 동시에, 그 존재의 삶의 방식 또한 우리 세계로 편입된다는 뜻이기도 하다. 그러나 여기서 더 나빠질 것이 있냐고 누가 묻는다면, 나는 어깨를 으쓱하고 말 것이다.

807

◎

이벤트

∿

김유담

2016년 『서울신문』 신춘문예를 통해 작품 활동을 시작했다.
소설집 『탬버린』, 『돌보는 마음』, 중편소설 『스페이스 M』,
장편소설 『이완의 자세』, 『커튼콜은 사양할게요』 등이 있다.

◎

 여자가 둥그렇게 부푼 배를 감싸 안은 채 호텔 로
비로 혼자 걸어 들어왔다. 한 손으로는 배를 받치고 나
머지 한 손으로는 커다란 여행용 캐리어를 끌고 들어오
는 여자의 곁으로 벨보이가 다가갔다. 여자는 짐 가방
을 받으려는 그의 손길을 사양하며 프런트로 향했다.

 "장기 투숙 이벤트 당첨돼서 체크인하려는데요. 오
늘부터 투숙하기로 예약되어 있어요."

 "네, 고객님. 잠시만요, 최이선 고객님 맞으시죠?
신분증 확인하겠습니다."

 여자는 고개를 끄덕이며 지갑에서 신분증을 꺼냈다.

호텔 1층에 위치한 데메테르 레스토랑에서는 지난 5~6월 두 달간 고객들을 상대로 명함 이벤트를 진행했다. 레스토랑에서 일정 금액 이상 식사한 고객들은 자신의 개인정보가 마케팅에 활용될 수 있다는 것에 동의한 후, 계산대 옆에 설치된 작은 상자에 명함을 넣었다. 추첨을 통해 당첨된 고객 1인에게 여름 한 달간 호텔 투숙권을 제공하는 행사였다. 이와 함께 여름 성수기 기간 동안 열흘 이상 호텔에 묵는 장기 투숙 고객에게 할인 혜택을 주는 행사도 대대적으로 홍보했다. 근처의 직장인들을 타깃으로 한 프로모션이었다. 명동역과 충무로역 사이에 위치한 J호텔은 전형적인 비즈니스 호텔로 여름휴가 기간이 오히려 비수기에 가까웠다. 봄, 가을에 찾아오는 중국인 단체 관광객들도 여름철에는 방문이 뜸했고, 휴가객들도 도심 한복판에서 지내기보다는 지방이나 해외여행을 즐기는 추세였다.

호텔 측은 방을 비워두느니 할인 행사를 통해 장기 투숙 고객을 유치하는 게 낫다고 판단했다. *무더운 여름, 호텔에서 출퇴근하세요. 전기세 걱정 없이 쿨하게 여름 나기~!* 호텔은 명함 이벤트에 응모한 직장인들의 연락처로 단체 광고 문자를 보냈다. 올여름이 유난히 더울 거라는 기상청의 예보도 광고 문구에 넣었다.

이선은 지난달 예전 직장 동료가 해외 발령을 받아 떠나는 환송회에 초대를 받아 J호텔 레스토랑을 방문했다. 퇴사 이후 회사 근처로 나올 일이 없었지만 마침 병원 진료가 있는 날이라 회식에 참석하기로 했다. 식사가 끝난 뒤 동료들이 앞다퉈 각자의 명함을 상자 속으로 넣었다.

"이선 씨도 넣어요. 명함 아직 갖고 있죠?"

"이미 퇴사했는데, 이거 써도 되려나요?"

"그냥 재미로 응모하는 거잖아요. 재직자만 가능하다는 조항도 없고."

호텔 로비로 걸어 나오면서 동료 중 하나가 누군가 장기 투숙 이벤트에 당첨되면 방금 저녁을 먹은 레스토랑에서 밥을 사야 한다고 들뜬 목소리로 말했다. 그는 왠지 이 중에서 당첨자가 나올 것 같다며 밝게 웃었다.

"저는 다음 주면 한국에 없을 텐데 만약 제가 당첨되면 어쩌죠?"

해외 발령을 받은 동료가 갑자기 근심스러운 표정을 지으며 물었다.

"어머, 그러면 꼭 나한테 줘요. 나 한 달간 호텔에서 출근 좀 해보게."

팀장이 강요하는 듯한 목소리로 말했다.

"만약에 저는 당첨되면 당근에 팔까봐요. 그래도 되는 거겠죠?"

후배 직원이 발랄한 말투로 물었다.

"글쎄, 판매는 안 되지 않을까? 그런 것도 되고 나

서 고민해."

이선은 옛 동료들의 무리에 섞여 지하철역으로 향하면서 말 없이 걸었다. 몇 달 전까지만 해도 같은 사무실에서 별 볼일 없는 화젯거리로 수다를 떨었던 동료들이었지만, 이제는 그들과 할 이야기가 없었다. 아이를 가지지 않았다면, 해외 주재원 자리는 이선의 차지가 됐을지도 모른다. 동료들은 이선의 임신을 모르고 있었다. 유산 위험이 커서 경기도에서 명동에 있는 회사까지 매일 대중교통을 타고 출퇴근을 하기는 어렵겠다는 판단으로 퇴사를 결심했다는 사실도. 이선은 그날 동료들을 만나는 자리에 나가며 일부러 펑퍼짐한 옷을 입었고 걸음걸이에 주의했다. 그때만 해도 배가 불러오기 전이었다.

"체크인은 혼자 하시는 걸까요? 한 달간 혼자 묵으시는 거 맞으실까요?"

"네. 근데 그건 왜 물으시는 거죠?"

이선이 경계하는 표정으로 되물었다. 한 달 사이 배가 불러오면서 이제 제법 임산부 티가 났다. 호텔 프런트 직원도 아닌 척하면서 이선의 배를 살짝 훔쳐보는 눈치였다.

"조식 때문에 여쭤봤습니다. 방 키 드리겠습니다."

이선은 호텔 방에 들어와 신발을 벗고 침대에 누웠다. 이선이 배정받은 방은 싱글 침대가 나란히 두 개 놓은 트윈룸이었다. 이선은 비스듬히 누워 비어 있는 옆 침대를 바라봤다. 혼자냐고 재차 묻던 호텔 직원의 얼굴이 떠올랐다. 이선은 혼자였다. 그리고 혼자가 아니었다. 배 속의 아이가 꿈틀하고 태동을 했다.

*

경숙은 낮게 앓는 소리를 내며 김치통을 들어 올렸다. 김치통 옆으로 김치 국물이 흘러내린 것을 보고 경숙은 다시 김치통을 내려놓고 행주를 찾았다. 구내식당 아침 배식이 끝난 후 남은 반찬통을 정리하던 참이었다.

"김치, 저 김치 한 접시만! 속이 느글거려 죽을 것 같아요."

식당으로 한 여자가 뛰어 들어오며 소리쳤다. 경숙이 당황한 표정을 지으며 물었다.

"누구세요?"

"저 호텔 투숙객인데요, 김치 한 접시만 주시면 안 될까요?"

"여기는 직원들 구내식당이에요. 호텔 손님들은 2층 조식당에서 식사를 하시는 거고요."

"토스트나 크루아상은 너무 느끼해서 못 먹겠어요. 저 조식 먹다가 토할 것 같아서 위층 화장실 쓰려고 올라왔는데, 김치 냄새가 나서 이쪽으로 왔어요. 김치 한 쪽만 먹어도 속이 가라앉을 것 같아요. 부탁드릴게요."

여자가 가쁜 숨을 몰아쉬며 말했다. 여자의 동그란 복부가 경숙의 눈에 들어왔다.

"별 희한한 경우가 다 있네."

경숙은 혼잣말을 중얼거리며 김치를 한 접시 담아 여자에게 내줬다. 여자는 빈 테이블에 자리를 잡고 앉아 김치 국물부터 마시더니 젓가락으로 김치를 연달아 집어먹었다.

"짜지도 않나, 김치만 먹어서 쓰겠어요? 밥도 줘요?"

여자가 김치를 우물거리며 고개를 끄덕였다. 경숙이 밥과 된장국을 같이 내놓았다. 여자는 경숙이 차려준 음식을 허겁지겁 먹었다.

"새댁이 속이 안 좋다더니, 그게 아니라 배가 고픈 거였어. 이제 좀 괜찮아요?"

"네, 그런데 저는 새댁이 아니라 최이선이라고 합니다. 1002호에 묵어요."

경숙은 아, 하고 낮은 소리를 내뱉으며 이선의 얼굴을 찬찬히 바라봤다. 직원들이 이선에 대해 이야기하는 걸 들은 기억이 났다. 좁은 구내식당에서 남의 험담을 하는 소리는 유난히 잘 들려왔다.

마케팅 부서 직원들은 점심을 먹으며 장기 투숙 이벤트 당첨자를 영 잘못 뽑았다며 투덜거렸다. 홍보에

도움이 될 만한 인플루언서도 아니고, 언론 인터뷰도 거절하는 바람에 공식적인 마케팅에 전혀 도움이 안 될 뿐더러 근처 직장에 재직하는 것도 아니어서 입소문이 나기도 어려운 상황이라고, 직원들은 혀를 끌끌 찼다.

"이벤트 응모할 때 명함 넣은 거 아니었어요? 그러면 그 명함이 가짜였단 소리인가요?"

"가짜는 아닌데, 예전에 회사 다닐 때 썼던 명함을 넣었더라고. 지금은 퇴사했나봐."

"어머, 그러면 사기 아니에요? 이 근처 직장인들 위한 이벤트였는데."

"그게 다시 찾아보니 재직자여야 한다는 규정을 내세웠던 것도 아니고, 퇴사자라는 이유로 당첨을 취소하면 그 사람이 가만히 있겠어? 제일 이상한 건 그게 아니야. 임신부더라고. 배부른 채로 호텔에 와서 왜 혼자 지내는지 이해가 안 가. 저러다 호텔에서 애 낳는 건 아니겠지?"

"그런 끔찍한 소리를…… 근처에 병원이 지천인데, 병원도 못 가고 여기서 애를 낳는다는 건 있을 수 없는 일이야."

혼자 호텔 방에 머무는 임신부라니, 무슨 사연이 있는 걸까. 경숙은 흥미롭다는 생각을 잠깐 했다. 그러고는 다시 배식을 하고 식판을 정리하는 일에 몰두했다.

풍문으로만 듣던 1002호 임신부를 마주한 경숙은

이벤트   141

왠지 짠한 기분이 들었다. 마케팅 부서 직원들은 이선을 두고 자격도 없는 사람이 호사를 누리는 것 같다며 못마땅해했지만 퀭한 얼굴로 된장국을 급하게 들이켜는 모습이 호사와는 거리가 멀어 보였다.

경숙은 이선에게 물을 한 잔 따라주며 말을 걸었다.

"호텔 음식이 입에 안 맞아요?"

"미국식 조찬인데, 저한테는 좀 안 맞네요. 사흘 연속으로 먹었더니 버터 냄새만 맡아도 속에 메슥거려요."

"아무래도 한국 사람은 밥을 먹는 게 좋지. 홀몸도 아닌 것 같은데, 잘 챙겨 먹어야죠."

"감사합니다. 밥값 드려야죠. 얼마 드리면 될까요?"

"무슨 밥값을 받아. 직원들 먹고 남는 거 준 건데. 그만 올라가서 편히 쉬어요. 아침밥 먹고 싶으면 여기로 와도 돼요. 직원들 사무실 출근하는 9시 이후로 오면 돼."

"그건 너무 폐를 끼치는 것 같아서요."

"폐는 무슨, 그리고 여긴 내 식당이야. 내 구역은 내 마음대로 해도 된다니까."

경숙이 호기롭게 외쳤다. 호텔 직원들은 근무 시간에 유니폼을 입고 호텔 식당에서 식사를 하는 게 금지돼 있었다. 하지만 호텔 손님이 구내식당에서 식사를 하면 안 된다는 규정은 없었다. 경숙은 호텔에 소속된 사람도 아니었다. 경숙은 공개 입찰을 통해 호텔에 입점한 구내식당 사장이었다.

이선은 다음 날, 그다음 날에도 호텔 3층 구내식당을 찾아왔다. 다른 직원들이 밥을 먹고 있으면 자리를 피해 돌아갔다가 나중에 다시 오기도 했다. 자리에 앉기까지는 쭈뼛거리며 눈치를 많이 봤지만 음식을 받은 후에는 깨끗하게 그릇을 비웠다. 경숙의 음식이 입에 맞는다고 했다. 경숙은 그런 칭찬을 듣는 것을 좋아했다.

"내가 손맛이 좀 있거든. 이 호텔 레스토랑 주방장도 내 요리 실력을 인정했다니까. 일류 셰프라는 사람도 남이 해주는 음식이 제일 맛있대."

경숙은 묻지도 않은 말을 늘어놓으며 이선 앞에 마주 앉았다. 이선에게 주려고 끓인 숭늉도 같이 내놓았다.

"몇 개월이에요? 아들이야, 딸이야?"

"이제 25주차 됐어요. 아들이래요."

이선이 배에 손을 얹은 채 말했다. 아이 얘기가 나오자 표정이 잠깐 밝아졌다가, 이내 다시 어두워졌다.

"혼자 호텔에서 지내는 거 안 외로워? 집에 가서 가족들이랑 있는 게 낫지 않아? 아이 아빠는?"

"몰라요."

이선이 고개를 저으며 말했다. 아이 아빠가 누군지 모른다는 소리인지, 아이 아빠가 임신 사실을 모른다는 소리인지 경숙은 묻고 싶었지만 이선의 눈빛이 너무 침울해 보여서 더는 물어볼 수 없었다.

"전 호텔이 편해요. 빨래도 청소도 요리도 하지 않고 편하게 지낼 수 있는 곳이잖아요. 임신부가 쉴 수 있는 최적의 환경이라고 저는 생각해요."

이선이 먼저 선수를 치며 말했다. 경숙이 듣기에도 틀린 말은 아니었다. 만삭의 몸으로 백 인분의 국을 끓이고 밥을 짓던 자신의 과거와 비교하면 이선을 안쓰럽게 볼 이유도 없었다.

"내가 젊은 시절부터 식당을 해왔거든. 젊은 시절에는 시장에서 국밥집을 했어. 식당 일을 하느라 애가 들어선 줄도 모르고, 병원 갈 새도 없이 지내다가 배가 불러와서야 알게 됐어. 그래도 뭐 별 탈 없이 애만 잘 낳았어. 그에 비하면 이선 씨는 편한 거야."

"안 힘드셨어요?"

"힘들었지. 그런데 그때는 힘든 줄도 몰랐어. 다 그런 줄 알았으니까."

"저는 유산 위험이 크대요. 아이를 무사히 낳기 위해서 여기 머무는 거예요. 만에 하나 문제가 생겨도 호텔 안에는 도와줄 사람들도 있고, 지금 다니는 병원이 호텔에서 가깝거든요. 제가 사는 동네에는 근처에 응급실을 운영하는 산부인과가 없어요. 조금이라도 피가 비치면 바로 응급실로 들어와 입원을 해야 한다고, 주치의가 주의를 줬어요. 그 말을 들은 뒤로 아무 일도 손에 잡히지 않았어요."

"그렇다면 더 조심해야지. 조심해야 하고말고. 이선 씨는 지금 아이 지키는 게 제일 중한 일이야. 밥 먹고 싶으면 언제든 3층 내려와요. 내가 아침, 점심 때는 자리를 지키는데 저녁때는 없거든. 그래도 다른 직원한테 얘기해둘 테니 저녁도 먹고 싶으면 와서 먹어도 돼."

"감사합니다."

"감사할 게 뭐 있나. 나는 그저 밥하는 사람이니 줄 수 있는 것도 밥밖에 없어."

경숙은 자신이 내준 밥을 맛있게 먹어주는 이선을 볼 때면 자신의 가슴 한편이 데워지는 기분이었다. 경숙의 아이들은 그녀가 해준 밥을 좋아하지 않았다. 정확히는 경숙의 식당에 와서 밥을 먹는 것을 싫어했다. 바쁜 경숙이 아이들을 위해 따로 집에서 요리를 하기는 힘들었다. 하교 후 식당에 와서 밥을 먹으라는 소리에 두 아이는 인상을 찌푸렸다. 아이들은 시장 골목에 있던 엄마의 식당에 발걸음을 하기 꺼려 했고, 밥 대신 돈을 달라고 했다. 경숙은 아이들이 원하는 대로 해줬다. 넉넉지 않은 형편이었지만, 몸이 부서져라 일해 번 돈을 아이들에게 아낌없이 줬다. 남편이 사업 자금을 대달라고 했을 때도 군소리 없이 돈을 내놓았다. 하지만 아이들은 경숙의 노고를 알아주기는커녕 자신에게 해준 게 없다는 원망을 늘어놓았다. 그건 죽은 남편도 마찬가지였다.

"처음 아이가 생겼다는 걸 알았을 때 저는 너무 무서웠어요. 자신이 없어서 낳지 말까도 생각했어요. 지금은 매번 병원에 갈 때마다 가슴을 졸여요. 검사 결과 하나하나에 신경이 곤두서죠. 이 아이를 지키지 못할까 봐 무서워요. 제가 아이를 무사히 낳을 수 있을까요."

이선이 걱정스러운 목소리로 말했다. 경숙은 부드러운 미소를 지으며 대답했다.

"낳을 수 있다마다. 낳는 게 뭐가 어려워. 그냥 낳기만 하는 건 일도 아니야. 키우는 게 어렵지. 정말이야, 낳는 건 일도 아니야."

"그러면 사장님은 아이들 낳아 키울 때 언제가 가장 힘드셨어요?"

경숙은 지금, 이라고 대답하려다가 입을 다물었다. 아이를 키울 때도 힘들다고는 생각했지만, 어렵다고 생각하지는 않았다. 알아서 잘 커주겠거니 생각했다. 그런 줄 알았다.

"육아라는 게 끝이 없고 갈수록 어려워지는 거야. 이선 씨도 낳아보면 알 거야."

경숙이 말을 고르다가 내뱉은 말이었다. 빚을 갚아 달라는 부탁을 거절하자 엄마를 돈밖에 모르는 수전노라고 비난하며 자신의 전화를 받지 않는 딸. 한 집에 살면서도 도통 무엇을 하고 있는지 알 수도 없는, 좀처럼

방에서 나오지 않는 아들. 경숙이 낳아 기른 남매에 대
해 말을 꺼내기가 어려웠다.

*

　이선은 이벤트 당첨으로 제공받은 한 달의 투숙 기
간을 사흘 남겨두고 호텔을 떠났다. 체크아웃하는 날
아침, 이선은 밝은 얼굴로 경숙에게 인사를 하러 왔다.
　"유산기가 거의 사라졌대요. 호텔에서 잘 쉰 덕분
이에요. 일상 생활하고 간단한 집안일도 하면서 지내
라고 의사 선생님이 말씀하시네요. 심지어 아이가 주수
에 비해 크다고, 운동을 좀 하는 게 좋겠다는 이야기도
들었어요. 이제 집에 돌아가도 될 것 같아요."
　호텔이 편하다고 했지만 집으로 돌아가는 이선의
표정이 한결 밝아 보였다. 경숙은 이선에게 잘 지내라
고, 연락처라도 하나 달라고, 아이를 낳으면 잘 낳았다
고 소식을 전해달라는 말을 할까 말까 망설였다. 이선
은 고맙다는 인사와 함께 한방 화장품 세트를 하나 내
놓았지만, 경숙에게 전화번호를 알려주지는 않았다.
한 달 가까이 내가 해주는 밥을 먹으며 배 속에서 아이
를 키웠으니, 나도 그 아이 얼굴 정도는 볼 자격이 있는
거 아니냐고, 아이를 낳으면 사진 한 장 보내달라는 말
이 턱 끝까지 차올랐지만 경숙은 그런 걸 먼저 요구할

수는 없는 노릇이라고 생각하며 입을 다물었다.

*

이선은 한 달 전보다 좀 더 부풀어 오른 배를 쓰다듬
으며 호텔 밖을 나섰다. 무더위도 한풀 꺾여 바깥 공기
가 체크인 때보다 선선하게 느껴졌다.

별다른 이벤트만 없다면, 건강한 아이를 출산할 수
있을 거라는 주치의의 말을 떠올리며 미소를 지었다.
이선은 그 말이 마음에 들었다. 특별한 이벤트 없이 아
이가 건강하게 커나가는 걸 볼 수 있으면 좋겠다고, 그
게 이선이 바라는 전부였다.

808

◎

철야(徹夜)*

∽

양선형

2014년 『문학과사회』를 통해 작품 활동을 시작했다.
소설집 『감상 소설』, 『클로이의 무지개』,
『말과 꿈』, 중편소설 『V섬의 검은 짐승』이 있다.

* 나는 이 소설의 아이디어를 김수영의 「시」에서 부분적으로 얻었다.

◎

집이 불타고 나서 너희는 대로변에 위치한 호텔에서 생활했다. 너희가 손을 잡거나 헐겁게 팔짱을 낀 채로 밤거리를 거닐 때마다 종종 올려다보았던 비즈니스 호텔이었다. 반듯한 빌딩 표면으로 불이 켜지거나 꺼진 창문들이 일정한 간격으로 도열해 있었다. 으레 그 호텔의 창문들이 산책하는 시야의 가장자리에 머물렀지만, 너희는 자신들이 이 호텔에 투숙하게 되리라고는 전혀 생각하지 못했다.

갑작스러운 사고였던 것은 물론이다. 화재를 수습하는 업체에 연락해 실내에 고여 있는 매캐한 냄새를 환기하는 동안, 거무튀튀해진 벽지를 새로 바르고 앙상하게 그을린 가구를 청소하는 며칠 동안 너희는 잠시 호텔에 피신해 있기로 했다. 너희는 짐을 꾸리고 집을 나섰다.

*

너는 손톱 위에 태양을 그렸다. 그것은 검은 사인펜으로 그려진 태양의 모조품이었다. 너는 통창 아래의 밤거리를 내려다보았다. 자정부터 내리기 시작한 비는 통창을 깨트릴 것처럼 사정없이 몰아쳤고, 유리창 표면으로 으깨어진 파문들과 구불거리는 빗물의 띠가 순식간에 떠내려갔다. 너는 막 샤워를 마친 참이었다.

객실의 조도는 어두웠다. 화장대 위로 스탠드 조명이 은은하게 밝혀져 있었다. 잡음 영상처럼 부글거리는 통창 표면으로 실내용 슬리퍼를 신은 네가 비쳤다. 실내는 약간 싸늘한 듯, 건조한 것도 같았으며, 곁의 더블베드에는 다른 네가 하얗게 주름진 이불로 상반신을 꼼꼼하게 덮은 채 잠들어 있었다. 음음, 고고, 피피. 빗소리 사이로 가늘게 코를 고는 소리가 들렸다.

동물이든 인간이든 깊게 잠든 존재를 바라보면 그 존재가 기특하고 대견하다는 생각이 든다. 무방비한 이들의 곁에 불침번을 세워두는 마음을 이해할 수 있을 것도 같다.

너는 화장대 앞의 의자에 앉았다. 노트북 가방에서 활자들이 상자 모양으로 조밀하게 인쇄된 종이를 꺼내 펼쳤다. 빗소리가 밀림처럼 무성하게 우거졌다. 너는 행간이며 여백에 낙서를 끼적이며, 어제 마지막 문장을 쓰는 일에 성공했던 소설의 초고를 수정하려 했다. 빗소리가 집중력을 떨어뜨렸다. 소설을 고치는 것보다 빗소리를 청취하며 가만히 앉아 있는 일이 지금 네가 해야만 하는 일인 양.

너는 볼펜을 느슨하게 그러쥔 너의 손을, 희미해진 손톱 위의 태양을 내려다보았다. 빗물이 넘쳐나는 통창을 향해 고개를 들었을 때, 너는 그 비현실적인 스크린 위로, 기다란 모가지로 문을 밀며 객실을 향해 입장하는 검은 말 한 마리를 목격했다. 현관의 센서등이 켜졌다. 검은 말 주위로 산란하는 광채의 실밥들이 이글거렸다. 네가 소스라쳐 뒤를 돌아보자 검은 말은 이미 감쪽같이 사라진 뒤였다.

너는 대개 착각에 이름을 붙이는 편이었다. 이름을 붙이자마자 서술할 수 있을 만큼의 구체성이 뒤늦게 생성되는 듯했고, 검은 말은 폭우를 뚫고 대로의 야음을 통과해 너를 찾아온 모양인지 온몸이 흠뻑 젖어 있었다.

푸르릉거리는 기척과 헝클어진 갈기, 파르르 떨리며 낙하하던 물방울들, 풀죽은 동공을 천천히 상기하는 과정에서 검은 말의 환영이 네 머릿속에서 생생하게 되살아났다. 이 기억은 가짜였으나, 회상을 거듭할수록 검은 말의 잔상에 침울하며 서글픈 상실의 예감이 스며들었던 것이다. 그러나 검은 말이 밟고 있었던 러그 재질의 바닥에는 빗물의 자국조차 남아 있지 않았다. 거대한 말, 어두컴컴한 말, 지쳐버린 말.

네 손이 종이의 여백에 무의미한 기호들을 적고 있었다. 네모, 회오리, 네모 속의 격자, 격자 속에 갇힌 별, 회오리 속의 미소, 미소를 휘감는 꽃받침. 네 손은 창문에 부딪혀 흘러내리는 빗물의 무늬를 모사하고 있었는지도 모르겠다. 무섭게 총질을 하듯 쏟아지는 빗소리의 거센 리듬과는 달리, 보통 빠르기로 느긋하게. 이동하는 네 손이 느리게 잎사귀를 먹어치우는 벌레처럼 사각거리며 종이 위에 새롭게 반복되는 무늬들을 만들어냈다.

검은 말을 회상하며 너는 자전거 사고로 입원했을 당시의 병실을 떠올렸다.

실은 자전거 사고는 없었다. 너는 가족에 보탬이 되기 위해 의사에게 자전거 사고를 당했다고 거짓말을 해서 병원에 입원한 것이었다. 보험사에서 입원 일당을 받기 위해서였다. 나중에 그 보험이 '보험사기 의혹'으로 해약되어 보험금을 수령하지는 못했지만. 웃기지도 않은 일이다. 너는 병자를 연기하거나 병자의 자격을 획득하기 위해 매일 엉덩이에 뻐근한 주사를 맞아야만 했으니까.

　너는 같은 병실에 입원했던—종일 보행기를 두 손으로 붙잡고 병원 복도를 어정거리듯 거닐며 재활에 몰두하던—할아버지 때문에 잠을 이루지 못했다. 그 할아버지는 호흡할 때마다 폐에 가래가 차오르는 듯한 가르랑거리는 소리를 냈고, 예민해진 너는 환자복 차림으로 한밤의 병원을 빠져나와 발길 닿는 곳까지 산책을 했다. 병원 주변은 낙후된 시골길이라 인적이 드물었다. 간혹 사람이 나타나면 형체의 절반이 음산한 어둠에 잘려 있었다.

　종이에 가지런하게 정렬된 활자들을 해독할 수 없었다. 너는 손톱 위에 태양을 그렸다. 그것으로 무엇을 비출 수 있을까. 너는 때때로 네가 엮은 기호들의 빽빽한 사슬이 너를 지상으로 묶어줄 수 있을 것이라고 생각했다. 그러나 기호들은 눈에 묻은 속눈썹, 풀잎 위를 구르는 물방울, 허공을 부유하는 깃털 같은 것들이라 한 줌의 무게도 갖지 않는다.

　너는 네게 주어졌던 많은 시간을 기호 쪼가리로 둔갑시켰다. 그 시간은 네게 돌이킬 수 없이 소중했을 테지만 너는 그 시간들을, 기호 쪼가리들을 배치하고 다시 허물어뜨리는 일에 사용했을 뿐이다. 아무도 네게 그러한 일을 하라고 명령하지 않았다. 너는 스스로에게 의무를 부과했고, 네가 엮은 기호들의 빽빽한 사슬로 너를 친친 동여맨 뒤 모종의 환상적인 압박감을 느낄 때만이 네가 존재한다는 사실을 확신할 수 있었기 때문이었는지도 모르겠다.

네가 쓴 소설은 며칠만 지나도 너와 상관없는 낯선 물체가 되었다. 내면과 환상의 궁전이 기호 쪼가리가 되었고, 네 영혼의 풍요로움과 수수께끼도 기호 쪼가리가 되었다. 그리고 나면 곧 소진될 불꽃을 위해 너의 시간을 태워 연료로 소모했다고 하는 무력한 느낌이 너를 따라다녔다.

너는 삶에 전력을 다하지 않았다. 네가 진정으로 전력을 다했던 공간에서는 항상 공중을 가벼이 떠다니는 기호들을 움켜쥐고 다시 놓치는 일들만이 일어났고, 너는 의자 위에 앉아 따분하게 전율했을 뿐, 남모를 침묵이 식별되지 않을 정도로 조금 찢어졌을 뿐, 진실의 섬광을 훔쳐보았다는 강렬한 해방감과 충만한 말풍선이 순식간에 터져버렸다고 하는 낙담과 실망의 리듬이 그곳에 있었다. 그 리듬이 자판을 두들기는 동안에도 속절없이 경과하는 너의 시간을 표시했을 것이다.

자정을 지나는 글쓰기의 시계탑, 두 번째의 자정을

지나는 글쓰기의 시계탑, 세 번째의 자정을 지나는 글쓰기의 시계탑, 네 번째의, 다섯 번째의…….

　그런데 너는 무엇을 훔쳐보았고 무엇을 잃어버렸던 걸까. 증빙할 수 있는 것은 아무것도 없다. 훔쳐본 것도 잃어버린 것도 없다. 이것들은 면벽한 채로 미친 사람처럼 아무렇게나 중얼거리는 와중에도 얼마든지 공짜로 생산되는 기호 쪼가리에 불과한 것이다. 너는 아무것도 없음에서 무한한 깊이와 광활한 너비를 발견했지만, 또한 그 무한함과 광활함이 한 조각의 티끌로 축소되어 네게서 멀어지는 모습을 멍하니 지켜보았다. 거기엔 절망보다는 우스움이 있었다. 배를 잡은 채 생쥐처럼 키득거리며 너는 네 존재가 뒤틀린 코에 돋아난 점 하나로 축소되는 듯한 망연자실한 기쁨을 느꼈다.

　기호들에 의지해 네가 세상에 존재해도 되는 목적과 이유를 마련하는 일은 네게 아주 중요했을 것이다. 네 존재 그대로의 불합리한 언어를 받아쓰면서 혼란이 무서운 식물처럼 자라나는 낱장의 종이로 부유하는 너를 떠받치고자 하는 욕망 또한 네게는 무엇보다 중요했을 것이다. 그러나 오늘은 아무것도 읽히지 않았으며, 그것은 상자 모양을 가장한, 비현실적인 스크린 위로 끝없이 퍼부어지는 빗줄기가 쓰는 산문과도 같은 것이었다.

너는 손톱 위에 태양을 그렸다. 지워지지 않고 조금 흐릿해진 태양. 너는 며칠 동안, 손톱에서 태양이 완전히 사라질 때까지 태양의 상태를 들여다볼 것이다. 어느 날 태양이 네 손톱을 홀연히 빠져나가면, 너는 거스러미가 지저분하게 일어난 손톱에 다시는 태양을 그리는 일을 시도하지 않을 것이다. 태양이 있었던 자리를 비워진 그대로 내버려둘 것이다.

객실에 도착했을 때 너희는 가장 먼저 호텔 욕실의 샤워꼭지를 교체했다. 너희는 그 샤워꼭지를 집에 불이 나기 하루 전 다이소에서 구입해 너희 집 욕실의 낡은 샤워꼭지를 갈았는데, 다른 네가 네게 그 샤워꼭지를 가져가자고 말했고, 너는 호텔 욕실의 샤워꼭지를 풀고 거기에 너희 집에서 들고 나온 샤워꼭지를 달았다. 은빛이었고 안쪽으로 원통 모양의 필터가 투명하게 비쳤다. 다른 너는 왜 하필이면 샤워꼭지를 챙기자고 말했을까. 왜 샤워꼭지 같은 사소한 물건이 생각났던 걸까. 너는 다이소의 욕실 용품 코너에서 신중하게 고민하는 표정으로, 입으로 살며시 손가락을 물고 샤워꼭지를 고르던 다른 너의 모습을 떠올렸다.

아우성치는 물의 베일 너머로 노란 밤거리의 번짐이 꼬르륵거리는 포말들 속에서 가라앉았다. 글쓰기에 대한 비관적인 생각들 속에서도 이 기호 쪼가리들로 네 존재의 여백을 수선할 수 있으리라는 불가해한 희망이 계속되는 것은 이상했다. 마치 소용돌이치는 바깥에서 검은 말 한 마리가 너희가 있는 호텔 객실을 향해 걸어오고 있는 것처럼. 검은 말은 이미 사라졌으나, 네가 목격했던 검은 말의 환영과 똑같이 닮은 두 번째의 검은 말이.

병원 밖을 산책하다 너는 검은 개 한 마리를 만났다. 그때의 검은 개에 관해 더 서술할 수 있다면 오늘 검은 말이 너를 방문했던 의미를 이해할 수 있을 것만 같은 기분이 든다.

너는 네게로 다가오던 검은 개의 커다란 몸집에 처음에는 겁을 먹었던 것 같다. 매끈한 거죽이 가로등 불빛을 받아 일렁이며 윤기와 음영을 내비쳤다. 너는 우뚝 멈춰 뒷걸음질했지만, 이내 뭉툭한 개의 꼬리가 괘종처럼 좌우로 흔들리는 모습을 보고 그 검은 개가 너를 위협할 의사가 없으며 오히려 너를 반가워한다는 사실을 깨달았다. 그 깨달음 속에서 네가 불시에 느꼈던 두려움이 밤하늘 같은 신비로움으로 변화했으며, 너는 훗날 그것이 그때의 검은 개가 가졌던 특별한 능력이었다는 생각을 했다.

너는 탄탄하며 근사하게 느껴지는 검은 개의 모가지를 실컷 쓰다듬었다. 검은 개가 흘린 침 때문에 환자복이며 소매로 드러난 팔이 흥건해졌다. 그래도 괜찮았으며, 검은 개와 작별하고 병원으로 돌아가야 했을 때, 검은 개는 고개를 굽어 빼고 아스팔트 바닥에 처연하게 주저앉아 황금빛 눈으로 너를 응시했다. 너는 그 눈빛을 좀처럼 잊을 수 없었다.

그 검은 개의 눈빛은 이후로도 종종 시간을 건너와 네게로 도달했다. 꽤 오래전인데도 어떤 눈빛이 그대로 네 안에서 글썽거리거나 이글거린다면 그 눈빛이 너를 사로잡았다는 뜻이다. 너를 포획한 눈빛들이 어둠 저편의 관객들로 가득하다. 너는 네게로 모아진 눈빛들의 환한 조명등 아래에서 너를 드러낸다. 너의 내밀한 삶은 언젠가 너를 사로잡았던 눈빛들의 시야로부터 아득한 미래의 지평선을 향해 펼쳐진다. 그 눈빛들이 너의 선생님이고 너의 연인이며 너의 병자이자 너의 어린 아이인 것이다.

그날 병실 침대에 드러누워, 검은 개의 황금빛 동공 속에서 뒤척이던 너는 그 검은 개가 주인을 잃었으며 따라서 네가 그 검은 개를 위해 무언가를 해줄 수도 있었던 상황이었음을 뒤늦게야 알았다. 너는 항상 기민하지 못했고 과거를 떠올리면 모든 것을 저버렸다는 감각이 지배적이었다. 너는 검은 개의 눈빛에 묶이고 말았는데 너는 검은 개를 묶지 못했던 것이다.

다음 날 너는 검은 개를 만났던 가로등 아래를 지나쳐 갔다. 대낮이었고, 연석 너머로 어젯밤에는 몰랐던 채소를 기르는 텃밭이 있었다. 무성한 감나무가 도로변으로 가지를 뻗고 있었다. 너는 길바닥에 떨어져 있던 더러운 단감을 집어 한 입 깨물고 싶었는데, 심한 갈증이 났고 단맛이 그리웠으며 부지불식간에 그런 충동을 느꼈던 이유가 어젯밤에 우연히 만났던 검은 개 때문일 수밖에 없다고 생각했다.

너는 반쯤 으스러졌던 그 단감을 실제로 집어 깨물지는 않았다. 검은 개와 단감 사이에 어떤 인과성도 없었고 사건의 성격이 시시하며 특별할 것이 없었기 때문에 너는 이 이야기를 남들에게 꺼낸 적이 없었다.

그러나 멍하니 기억의 페이지를 넘기고 있으면, 왠지 모르게 삶에서 가장 중요한 순간들은 이처럼 은밀한 망각 속에, 네가 남들에게 이야기하지 않은 의식의 모호한 샛길 어딘가에 잠복하는 것만 같았다. 구태여 들추거나 탐구하거나 심문하지 않았기에 그대로 방치되는 모호함이었고, 이 모호함에 대해 곰곰이 생각할수록 너는 그 모호함 속에서 너를 부르는 허약한 목소리를 듣게 되었다.

이 목소리가 네게 알려주려는 것이 있었으며 그때 너는 귀를 기울일 필요가 있었다. 네가 귀를 기울이는 까닭이란, 이 목소리를 더 잘 듣기 위해서가 아니라 이 목소리를 이곳에 존재하게 만들기 위해서였다. 그러므로 이 목소리는 처음부터 존재하지 않는 목소리였다. 너는 입을 벌린 공허를 향해 귀를 기울이고, 동굴 같은 적막한 웅웅거림 속에서 거기 없었던 희미한 목소리를 착란하면서, 착란이 들려주는 가르침들로 시간과 너 사이의 새로운 연속성을 창조하는 순간을 바라고 있었는지도 모르겠다.

최근에는 기억들이며 의식 속을 맴도는 환영들이 모빌처럼 너를 중심으로 서로가 서로를 은유하며 빙그르르 회전했다. 너는 기억과 환영의 텅 빈 중심이었다. 너는 기억과 환영이 순환하는 환승역에 우두커니 서서 너를 지나치는 이미지들을 일별하고 배웅했으나, 그들처럼 집으로 돌아가지 못한 채 환승역 안에서 생활하고 잠을 자야만 했다. 환승역이 네 집이었기 때문이다. 네가 이미지들이 모였다 떠나는 쓸쓸한 공터에 불과한 듯했고, 아무것도 제대로 소유하지 못하나 모든 기억과 환영이 마음대로 드나들 수 있는 주인 없는 장소에 불과한 듯했다.

때문에 네가 존재하지 않는다면 이미지들이 모여들었던 하나의 공터가 사라질 것이다. 이미지들을 연결했던 느슨한 동아줄이 끊어지고, 네가 동아줄을 잡고 흔들면 사방으로 갈라진 동아줄에 결박되었던 수많은 은종이 한꺼번에 진동하며 맑게 딸랑거리는 소리를 냈지만, 네가 존재하지 않는다면, 흐르는 구슬처럼 부서

지던 그 화음의 질서도 완전히 사라질 것이다. 너는 손톱 위에 태양을 그렸다. 그것은 검은 사인펜으로 그려진 동그란 공백의 기호였다.

어쩌면 그때의 검은 개에게 그렇게 했듯 혹은 하지 못했듯 젖은 몸을 수건으로 닦고 잔등을 간질이며, 너를 찾아오기 위해 검은 말이 치렀을 여독과 피로를 달래줄 수 있었을 텐데. 그 순간을 위해 두 번째의 검은 말이 폭풍과 야음을 꿰뚫고 네가 있는 호텔 객실로 다가오고 있는 듯했다. 너는 다음 날 다른 너에게 검은 말과 검은 개에 관해 들려줄 것이다. 검은 말은 단단한 잔등에 검은 개를 태우고 하룻밤을 건너갈 수 있을 것이다.

너는 암막 커튼을 쳤다. 다른 너의 곁에 누운 뒤 나이트테이블 위로 손을 뻗어 전등을 껐다. 방이 캄캄해졌다. 여전히 빗소리가 어둠의 배음으로 메아리쳤다. 너는 눈을 감았고, 언젠가 늙은 말을 소재로 단편소설을 썼을 때 다른 네가 하필이면 왜 다른 동물이 아니고 말이냐고 물었던 기억을 떠올렸다.

어느 날의 꿈에서 너는 말의 잔등에 업힌 채 삭막한 바위산을 올랐다. 그때 너는 이미 죽은 상태였으며, 바위산의 정상에는 까마득한 수직굴로 이어지는 구덩이가 있었다.

꿈에서 그 수직굴은 지구라는 퇴락한 비행선의 운

전석으로 통해 있는 지하 세계의 가장 은밀한 장소였고, 죽음에 이르기 전부터 네가 네 완벽한 실종을 위해 미리 점쳐둔 밀폐된 어둠 속이었다. 말은 충직하게 너를 그 장소로 데려갔다. 수직굴 아래로 한없이 낙하하는 동안 너는 공중을 올려다보았다. 쪽빛 하늘을 향해 열린 한 조각의 환(環) 속으로 말머리의 그림자가 드리워졌다. 이때 너는 바위산의 심연을 향해 가까워지고 있다고 믿었던 이 수직굴이 실은 너를 이곳으로 운반했던 말의 검은 동공 속이라는 사실을 자각했고, 동시에 뾰족한 송곳에 찔린 듯 강렬한 통증이 너의 가슴 속을 파고들었다.

재차 공중을 올려다보았을 때 말은 없었다. 그곳에는 고개를 기울인 채 여전히 바닥으로 추락하는 너를 내려다보는 두 번째의 네가 있었으며, 너는 서서히 꺼져가는 말의 시야 속에서 너 자신을 바라보았다. 너는 눈물을 흘리고 있었는데, 지금 죽어가는 존재가 네가 아니라 네가 사랑했던 너의 말이었다는 사실을 눈치챌 수밖에 없는 흐느낌이었다. 바닥에 몸이 충돌하자 눈이 떠졌다. 꿈이 네가 썼던 소설을 퇴고할 때마다 너는 소설 속에서 네가 꿨던 꿈을 퇴고했다. 그때마다 너는 세 번째의, 네 번째의 검은 말과 재회할 수 있었다.

　일찍 잠든 너는 다른 너보다 먼저 잠에서 깨어났다. 부스스한 얼굴로 창가를 향해 구부정하게 걸어가 암막 커튼을 걷자 빛이 쏟아져 들어왔다. 날이 화창했다. 간밤에 다른 네가 화장대 위에 펼쳐둔 종이는 낙서로 난삽했고, 너는 다른 네 소설의 몇몇 문장을 눈으로 훑었다. 햇볕이 종이를 반분했다. 눈부신 쪽의 어지러운 기호들이 하얗게 타들어갈 것 같았다. 너는 그 종이를 반으로 접어 다른 너의 노트북 가방 속에 넣었다.

　통창 표면으로 간밤의 폭우를 아슬아슬하게 증언하는 물방울들이 맺혀 있었다. 환한 물방울들은 각자 더디게 가지치기를 하면서 다른 물방울과 포개지거나 미끄러졌는데, 너는 언젠가 가랑비가 내리던 날의 카페 창가에서, 창문에 매달린 물방울들을 하나씩 손가락으로 짚었던 기억이 떠올랐다.

　그때 너는 네 손가락이 마치 물방울의 방향을 유도하는 자성이라도 있는 양, 흐르는 물방울의 궤적을 향해 손가락을 천천히 따라 움직이는 놀이를 했다. 앞서지도 뒤처지지도 않고. 너희는 오늘 낮에 불이 났던 너희의 집까지 산책할 예정이었다. 너는 통창 아래로 출근하는 사람들을 내려다보며 너희의 집이 있는 오르막 길 쪽으로 눈을 가늘게 떴다.

네가 좋아하는, 반세기 전에 제작된 영화에는 시각장애를 가진 여자아이가 등장한다. 배경은 헝가리의 낙후된 시골 마을이다. 며칠 동안 굶어 뺨은 홀쭉한데 여자아이의 부릅뜬 눈은 삭망의 창백한 고리로 불타는 듯하다. 여자아이는 식탁 앞의 의자에 쪼그려 앉아 있고, 식탁의 유리컵을 바라보지만 사실 아무것도 바라보고 있지 않다. 유리컵에는 물이 반쯤 채워져 있으나 그것은 여자아이의 팔이 닿지 않는 거리에 놓여 있다. 여자아이는 그 유리컵을 뚫어져라 바라보지만 사실 눈을 가리는 베일 위로 번지는 불투명한 공백의 확장을 바라보는 것이다. 여자아이의 손은 자신의 무릎을 집요하게 끌어안고, 부들거리는 팔이 여자아이의 야윈 다리를 휘감는다.

그때 마술 같은 일이 일어난다. 어떤 물리 법칙과도 무관하게, 유리컵이 스르르 움직이며 여자아이가 있는 식탁 앞으로 다가왔던 것이다. 여자아이 또한 사물이 사물 본연의 법칙에서 벗어나 자신을 향한 선물로 변신하는 경이로운 순간을 목격하지 못했을 것이다. 여자아이는 그저 손을 뻗어 유리컵을 집는다. 그리고 꼴깍거리며 한 잔의 물을 마신다.

◎

체크인 불가합니다
—P 호텔의 고객이 될 자격

∾

황모과

2019년 제4회 〈한국과학문학상〉 중단편부문 대상을 받으며
작품 활동을 시작했다. 소설집 『밤의 얼굴들』, 『스위트 솔티』,
중편소설 『클락워크 도깨비』, 『10초는 영원히』,
『노바디 인 미러』, 『언더 더 독』, 장편소설 『우리가 다시 만날 세계』,
『서브플롯』, 『말 없는 자들의 목소리』,
『그린 레터』 등이 있다. 〈SF어워드 우수상〉
〈양성평등문화상 신진여성문화인상〉 등을 수상했다.

◎

세븐 스타 프리빌리지 호텔, 약칭 P 호텔은 이 지역 최고 명당에 입지해 있었다. 역사적으로도 길흉이 엇갈려왔다는 이 도시에서도 지하 수맥이 거미줄처럼 퍼져가는 지점, 풍수 최적지였다. 이곳의 특별함은 유명했다. 한 달 월세를 능가하는 하루 숙박비도 그 이유 중 하나였다. 특별한 휴식을 누릴 고객은 특별한 능력(경제력)이 있는 사람들뿐, 고객의 품격(돈)은 입실과 함께 공인되었다. 투숙객은 번잡하고 흉흉한 바깥세상을 잊고 비일상적 공간 속에서 꿈 같은 휴식을 누린다. 경제력은 품위라는 명분까지 원 플러스 원으로 독점한다.

P 호텔의 입실 시 체크인 코스는 까다롭기로 유명했다. 숙박비 지불 능력만이 입실 자격을 보증하는 것은 아니었다. 호텔의 운영 정책에 동의해야 입장할 수 있다. '아무나 받지 않는다'는 호텔 방침에 따라 고객은 체크인과 함께 선별 절차를 통과해야 했다. P 호텔은 고객의 품행을 테스트하는 평가 기준을 일절 공개하지 않았다. 사람들은 왜 통과했고 왜 탈락했는지 알 수 없었다.

*

"젠장, 힘들어 죽겠군!"

고객 1이 로비에 들어서며 불평했다. 바깥 소음이 완전히 차단된 로비에는 고요가 흐르고 있었다. 입장한 순간부터 바깥과 단절되는 것이다. 평소 P 호텔은 '소리도 인테리어도 무음도 호텔 서비스'라고 홍보했다. 무색과 무취도 호텔의 서비스 중 하나였다. 이는 곧 바깥은 잡다하고 혼잡하고 혼탁하다는 점을 암시하고 있었다.

리셉셔니스트가 고객 1에게 다가가 인사했다.

"어서 오세요, 고객님. 오늘 하루 어떠셨나요?"

고객 1은 피곤했지만 공손히 응했다. P 호텔의 엄격한 체크인 검증 시스템에 대해 익히 들어왔다.

"뭐. 열사병에 울화병까지 겹쳐 오늘 드디어 제삿
날이구나, 했소. 그래도 시체는 아닌 상태로 도착했으
니 다행이지 뭐요. 당신들도 송장치레할 수고는 덜었
구려."

고객 1의 답변은 퉁명스러웠다. 비꼬는 듯 쌀쌀맞
은 고객 1의 답에 리셉셔니스트는 반갑게 답했다.

"오시는 길도 고생 많으셨습니다, 고객님! 기다리
고 있었습니다."

별것 아닌 것처럼 들리는 대화였지만 이로써 체크
인 절차가 시작되었다. 호텔은 감시 카메라에 포착된
고객의 답변과 태도를 접수해 분석하기 시작했다.

"고객님, 체크인을 위해 몇 가지 확인 사항이 있습
니다. 번거로우시겠지만 잠시 협조해주시겠습니까?"

리셉셔니스트는 정중한 태도로 고객에게 신분증
제시와 얼굴 인식, 그리고 지문 날인까지 요청했다. 고
객 1은 별다른 거부감 없이 개인 정보를 몽땅 넘겼다. 고
객 1은 평소에도 준법정신이 투철했다. 공공질서를 해
치는 자들은 사사건건 절차와 제도에 딴지를 걸며 사
회적 혼란을 가중시킨다고 생각하는 편이었다.

고객 1은 빨리 처리해주기를 바랐다. 깨끗하고 포
근한 침대에 당장 몸을 맡기고 싶었다. 오늘 이후론 당
분간 호텔 안에서만 생활할 예정이었다. P 호텔엔 밖에
나가지 않고도 즐길 수 있는 시설 내 편의 시설이 가득

했다.

"고객님, 예약하신 숙박 일수는 30박 31일 맞습니까?"

"어, 100일 정도 예약하려 했는데 입력이 안 되더라고."

"네, 저희 호텔 운영 규정상, 최소 숙박일 수는 2박, 최대 숙박일 수는 연속 30박입니다. 고객님이 계약하신 기간은 30박 31일이 맞으십니까?"

"그래, 당신들이 그렇게 제한해두었잖아. 30박 이상은 선택이 안 되더구먼."

준법성이 투철한 고객 1은 최근 불법 도박장에서 큰돈을 벌었다. 반년 정도 P 호텔에 머물 수 있는 돈이었다. 그는 절제심이 있었다. 다른 도박에 참여해 그나마 번 돈을 까먹는 대신 현명한 선택을 했다. 온 시설이 자신을 위해 복무하는 P 호텔에서 몇 달간 특별한 휴식을 취하기로 했다. 호텔 안에 머무는 것만으로 거액을 지불할 가치가 충분했다. 고객 1은 눈두덩을 누르다 바깥을 힐끗 바라보았다. 이곳은 안전한 쉼터이자 셸터였다. 불법 도박장을 오가는 인간들은 찾아올 수 없었다.

"네 고객님, 저희 운영 방침을 숙지해주셔서 감사합니다."

그때 바깥이 시끄러웠다. 호텔 로비 출입문을 두드리는 사람들이 보였다. 방음에 철저한 유리문은 큰 소음을 전하지 않았지만 고객 1은 로비에 울리는 미세한 진동을 느꼈다. 리셉셔니스트는 곧장 패널을 터치해 로비의 대형 창문 설정을 바꿨다. 종종 일어나는 일이라는 듯 대응도 빨랐다. 곧 사람들 모습이 깨끗이 지워지고 깔끔한 바깥 풍경만 보였다. 고객 1이 신기하다는 듯 물었다.

"오, 어떻게 한 거요?"

리셉셔니스트가 산뜻한 미소를 보이며 설명했다.

"투명 디스플레이에 풍경 사진을 띄웠습니다. 바깥에서 일어나는 일들은 전혀 신경 쓰지 않으셔도 됩니다. 저희는 비일상을 추구하니까요."

고객 1은 흠, 하며 고개를 끄덕였고 나머지 체크인 절차를 빨리 진행 시키라고 손짓했다.

도심 한복판에 입지한 연유로 P 호텔 주변은 늘 어수선했다. 매일 격렬한 시위가 열렸다. 거리에선 특히 어린이와 여자와 노인의 비명이 컸다. 호텔 사유지 여기저기에는 외부인 출입 금지라고 쓰인 팻말에 기대 숙면을 취하는 불청객이 많았다. 최소한의 분란으로 취객을 쫓아내는 일이 호텔 직원들의 아침 일과였다. 호텔 뒷문 쪽 골목에서는 폭행 사건도 끊이지 않았고 총격 사고도 잦았다. 호텔 옆 건물에선 방화와 살인 사건도 심심찮게 벌어졌다. 먼 곳에서 일부러 호텔 앞까지 찾아와 분신을 시도하는 사람도 있었다. 호텔 관계자들은 이게 다 풍수가 좋은 탓이라며 호텔의 운명을 자조했다.

"고객님, 잘 알고 계시겠지만 만에 하나 긴급상황이 발생하면 지하 벙커로 이동하셔야 합니다. 벙커 숙박 시 요금은 70%로 책정되며 차액은 체크아웃 시 환불해드립니다. 동의하십니까?"

"알았어, 알았다고. 어이, 나 지금 쓰러질 것 같아. 당장 쉬고 싶다고."

고객 1의 짜증스러운 재촉에 리셉셔니스트는 연신 사과하며 빠르게 체크인 시스템 절차를 완료했다. 고객 1은 검증에 통과해 무난히 입장했다. 까다롭기로 유명한 P 호텔 체크인에 통과한 오늘의 첫 번째 고객이었다.

*

잠시 후 고객 2가 거친 비명을 내지르며 미끄러지듯 로비로 뛰어 들어왔다. 들어왔다기보단 지옥에서 빠져나온 듯한 모습이었다. 고객 2는 가슴에 아이를 끌어안고 있었고, 등에는 바퀴 빠진 캐리어를 노끈으로 동여매고 있었다. 불 속에서 막 빠져나오기라도 한 것처럼 고객 2의 옷자락과 머리카락 군데군데에 숯 검댕이 눌어붙어 있었다. 들어오면서 고객 2의 가방이 로비 센서와 충돌해 낮게 경고음이 울렸다. 프런트 데스크에

꼿꼿이 서 있던 리셉셔니스트가 입구로 달려 나갔다.

"고객님! 괜찮으세요!"

고객 2는 쓰러진 상태로 스마트폰 화면을 높이 들어 올렸다. 두 사람분의 예약 페이지가 뜬 스마트폰 화면이었다. 리셉셔니스트가 페이지를 확인하자마자 배터리 부족 표시와 함께 스마트폰의 전원이 꺼졌다.

"네, 고객님, 기다리고 있었습니다. 지금부터 저희가 편안히 모시겠습니다."

직원 여러 명이 동시에 달려왔다. 한 직원이 고객의 품에서 잠든 아이를 조심히 받아안았고 또 다른 직원이 바퀴가 떨어진 캐리어를 받아 운반 카트에 올렸다. 스마트폰을 가져가 충전을 시작한 직원도 있었고 웰컴 드링크를 들고 다가온 직원도 있었다. 고객 한 사람을 위해 서비스 제공 담당자가 속속 등장했다.

떨리는 손으로 음료를 받은 뒤 고객 2는 단숨에 마시고 안도의 한숨을 터트렸다. 전쟁 같은 일상을 통과해 드디어 이곳에 입장했다. 고작 2박 3일의 일정이지만 이곳에 있는 동안 특별한 날, 최상의 순간을 맞을 예정이었다. 하루 세 끼 배가 터지도록 호텔 뷔페를 먹으며 넘치도록 영양을 공급받을 것이고, 포만감과 식곤증에 늘어지는 일이 극상의 행복임을 느끼며 느긋한 하루를 보낼 거였다. 머무는 동안 아이는 호텔 내 케어 센터에 맡기려 계획했다. 건강 검진과 함께 필수 의료 조치도 제공된다고 했다.

　이곳에서 최고의 순간을 맞은 뒤 살아갈 힘을 얻는 다면 전쟁 같은 일상으로 돌아갈 용기도 생길 터였다. 고작 2박을 위해 형편과 분수에 맞지 않는 큰 금액을 치렀지만 단순한 사치가 아니라 생존을 위한 활동이었 다. P 호텔의 또 다른 파격적인 서비스는 공공보험이나 사보험 없이도 숙박객에게 제공하는 의료 서비스였다. 비싼 숙박비 속에 병원비도 포함된 셈이다. 특히 의사 를 만날 수 없는 사람에게는 구세주 같은 시설이었다. 바깥은 언제 어디서 죽는데도 이상하지 않은 곳이니까. 고객 2는 서두르기로 했다. 체크인 시간과 체크아웃 시 간 내에 아이의 진료를 마쳐야 했다.

　그 순간, 입구 쪽 유리문에 사람 그림자가 모습을 드러냈다. 수십 명쯤 되는 사람들이 입구를 세차게 두 드리고 있었다. 물론 로비 안에서는 소음이 완벽하게 차단되어 있었다.

　자주 있는 일이라는 듯, 직원들이 일사천리로 움직 인 뒤, 로비 안에는 외부인의 형태가 지워진 풍경만이 남았다. 바깥 풍경은 조용하고 안온해 보였다. 입구를 두드리는 미세한 진동을 무시할 수 있는 사람에게만 보이는 평온이 로비를 둘러싸고 있었다.

　고객 2는 사람이 지워진 풍경을 보며 미간을 찡그 렸다. 진동 속에서 사람들의 목소리를 떠올릴 수 있었다.

"나도 들여보내주세요, 제발요!"

실제 목소리가 들리진 않았지만 고객 2는 절규하는 사람의 마음을 알 수 있었다. 여기 진입하기 직전까지 자신도 외쳤던 소리였다.

고객 2의 표정에 거북함이 드러나자 리셉셔니스트가 사과했다. 호텔이 침입자들로부터 안전을 지키기 위해 여러 장치를 강구하고 있음을 강조했다.

"고객님, 불편을 끼쳐 드려 정말 죄송합니다. 아시다시피 저희 호텔이 인기가 많습니다. 숙박 예약 없이 로비에만이라도 입장하게 해달라고 요청하시는 비고객 님이 많이 계세요."

"비고객……?"

"보안 관리에 철저히 임하고 있으니 체크인 후 외부 침입 시도자에게 휴식을 방해받을 일은 없으실 겁니다. 로비 블라인드 시스템이 일시적으로 오작동을 일으킨 점, 마음 깊이 사죄드립니다."

고객 2 얼굴의 미간 주름은 더 깊어졌다. 비고객이라는 표현 때문이었다. 자신도 입장 전까지 비고객이었고 삼 일 후 체크아웃하면 다시 비고객이 된다.

P 호텔이 얼마나 유명하고 또 인기가 높은지 고객 2도 잘 알고 있었다. 입장할 수 없는 사람은 부러움을 넘어 원한을 품는 것도 알았다. 자신도 오래 절약하고 저금한 돈으로 아이와 함께 할 특별한 날을 간신히 손

에 넣었다. 내일은 아이의 생일이었다.

고객 2는 불편한 심정을 삼키며 끄응, 하고 몸을 일으켰다.

"한숨 돌렸어요. 이제 방으로 올라가도 될까요?"

리셉셔니스트가 고객 2를 정중히 막아섰다.

"아, 고객님. 체크인 절차가 조금 남았습니다. 몇 가지 사항에 동의가 필요합니다. 잠시 자리에 앉아서 응답해주시겠어요?"

리셉셔니스트가 고객 2를 소파에 앉게 하더니 태블릿을 내보였다. 고객 2는 알겠다고 말하며 안내에 따라 태블릿을 터치했다.

곁에서 한 직원이 잠든 아이의 얼굴을 물수건으로 닦아주고는 자동 흔들 요람에 눕혔다. 잠에서 깬 아이가 칭얼거리자 직원이 음료를 마시게 했다. 아이는 기쁜 얼굴로 눈물을 그치고 음료와 간식을 손에 꼭 쥐었지만 빨대를 물고 이내 눈을 감았다. 리셉셔니스트가 안내를 빠트렸다며 첨언했다.

"아, 그리고 며칠 전에 저희 앞 건물에 변동이 생겨서, 홍보물로 공개한 로비 풍경과 현재 뷰가 조금 상이합니다. 양해를 부탁드립니다."

그러고 보니 현재 바깥 풍경이 예약 사이트 사진과는 상당히 달라 보였다. 앞 건물인 방송국에 방화 사건이 있었다. 유리문 투명 디스플레이 속에는 방송국 건물이 지워져 있었다. 고객 2는 로비 풍경을 위해 비싼 돈을 지불한 것은 아니었음을 애써 상기하며 애매하게 수긍했다.

"네, 뭐⋯⋯."

도심 시위를 반국가 세력의 선동극이라고 보도한 후로 해당 방송국은 시민들의 격렬한 항의를 받고 있었다.

"고객님, 오늘은 어떤 하루를 보내셨나요?"

리셉셔니스트의 엉뚱한 질문에 고객 2는 큰 고민 없이 말했다.

"오늘도 지옥이었죠. 사방에 널린 시체를 건너왔으니까요. 이렇게 살아남아서 호텔에나 간다니, 누워 계신 분들께 죄송하다고 인사하면서 여기까지 왔지요. 아시잖아요?"

고객 2의 음성은 태블릿을 통해 호텔 시스템에 전송되었다. 고객 검증 시스템은 이미 개시되었다. 답변을 분석한 호텔 시스템은 고객 2를 '다소 리스크가 있는 고객'으로 분석했다. 고객 1과 달리 첫 번째 문항에서부터 호텔이 기대한 답이 나오지 않았다. 고객 2는 첫 번째 검증을 통과하지 못했다.

고객 2는 빨리 방으로 가고 싶었다. 인생에 휴식이라곤 없었다. 예전부터 쉬는 일은 여러 의미에서 죄스러웠다. 주변에도 제대로 쉬는 이가 없었다. 주 120시간 노동 환경을 현장이 떠안은 현실 속에서 나만 쉬겠다는 것은 이기심이 되었다. 나만 쉴 수 있다는 건 퇴출 아니면 희귀하거나 해괴한 상황이었다. 가끔 제주도나 동남아, 또는 유럽에서 휴가를 즐기고 온 사람들도 있었다. 자신도 없는 시간을 억지로 꿰어 붙여 4박 5일 휴가를 만들었고 생계비를 과감하게 투자해 여행 경비로 썼다. 돌아오는 길에 생각했다.

'그냥 집에서 잠만 자는 게 좋았겠다.'

AI와 로봇의 활약으로 현장 인력이 대폭 감축되었다. 하지만 현장의 일은 그 폭만큼 줄지 않았다. 노동하는 인구수가 줄면서 노동은 한 인격이 지닌 모든 자원의 풀가동을 뜻하게 됐다. 무덤 속에 눕지 않는 한, 쉼은 현실이 되기 힘들었다. 자원 없고 재능 없고, 운 없고, 무형 자산도 없는 사람에게 쉼은 절대로 허락되지 않았다. 그것도 옛날이야기였다.

곧이어 리셉셔니스트는 신분증과 얼굴 인식, 지문 날인을 요청했다. 그런데 신분증에 등록된 사진과 고객 2의 얼굴은 일치하지 않았다. 지문 역시 일치하지 않았다.

"앗, 고객님, 예약자 본인이 맞으십니까?"

"아, 네. 이 신분증 사진은 2055년 에이전트 애플 작전 이전에 찍은 거니까요. 생존한 사람 중에 얼굴이 성한 사람이 몇이나 되겠습니까?"

"그때 바깥에 계셨군요. 심심한 위로를 표합니다."

"······."

고객 2는 슬퍼졌다. 호텔 사람들은 당시 연합군의 무차별 폭격 당시에 사설 벙커인 '안'에 있던 사람들이다. 그즈음 한국 주택의 사설 벙커 보유율은 10%에 미치지 못했다. 대피할 장소를 갖지 못한 90% 중 생존한 사람은 11%였다. 작전이 끝난 뒤 생존자들의 수는 딱 반반으로 갈렸다. 압도적으로 안전했던 '안쪽' 사람들과 후유증에 시달리며 이후에도 생존에 불리한 '바깥쪽' 사람들······. 호텔 문을 두드리는 사람들은 대부분 아픈 사람들이었다.

"고객님도 아시다시피 호텔 주변은 계속 분규 중입니다. 비고객 분들이 줄곧 무단 침입을 시도하고 있고요. 호텔은 고객에 대한 어떤 차별도 없습니다만 비고객의 불법적 침입 시도는 철저히 차단하고 있어요. 완벽한 보안을 기하고 있으니 걱정하지 않으셔도 됩니다. 다소 불편한 상황이 발생할 수 있지만 완벽한 휴식을 위해 임직원 이하 모든 직원이 최선을 다하겠습니다. 단, 비상시에는 내부 벙커로 이동하시도록 안내합니다. 만에 하나 벙커에 머물 시 호텔 숙박비용의 70% 비용이 발생합니다. 식사를 비롯한 여타 서비스는 룸서비스에 준해 이용하실 수 있습니다. 동의하십니까?"

'동의······.'

고객 2는 곧장 답을 하지 못했다. 아이의 병원 진료가 중단되면 비싼 호텔 비용을 감수할 의미가 없다.

음료를 다 마시지도 못하고 아이가 다시 울기 시작했다. 이곳은 휴식 시설이 다양하게 입점해 있을 뿐 아니라 인근에 유일하게 건물 내부에 소아과가 있었다. 아이에게 치료가 필요했다. 유전자 변형을 초래한 에이전트 애플 2세인 아이는 태어난 직후부터 후유증으로 고통받고 있었다.

고객 2는 말을 멈췄다. 응답할 의지를 잃고 말았다. 태블릿이 고객의 응답을 기다리는 동안 리셉셔니스트가 안내문을 반복해 낭독했다.

그 순간, 정각을 알리는 시보가 울렸다. 로비를 오가던 직원들이 갑자기 멈춰서서 홍보 문구를 외쳤다.

"극상의 휴식, 세븐 스타 프리빌리지 데이 오프. 당신에게는 쉴 특권이 있습니다."

호텔 직원들은 휴머노이드들이었다. 이들 사이에 생체 인간이 끼어 있는지는 알 수 없지만, 있더라도 바깥 인간과 비슷한 입장이 아님은 분명했다.

이곳은 바깥 사람들, 바깥 사람들과 같은 입장인 사람, 바깥 사람들을 걱정하거나 배려하거나 우선하는 사람을 입장시키지 않았다. 이것이 P 호텔의 검증 시스템이었다. P 호텔의 시스템은 판단을 내렸다. 지금 고객 2는 비고객의 입장에 감정 이입하고 있다. 고객으로 들이더라도 서비스를 충분히 누릴 수 없을 것이다. 바깥 사람들에게 미안해할 테니까.

"고객님, 다시 여쭙겠습니다. 당사의 방침에 동의하십니까?"

인생에 쉼이 허락되지 않는 사람이 쉬려면 각오가 필요했다. 다른 쉬지 못하는 사람들을 잊을 수 있는 각오였다.

고객 2는 어금니를 깨물며 답했다.

"네, 동의합니다⋯⋯."

아이를 위해서는 어쩔 수 없었다. 아이는 당장 휴식과 치료가 필요했다. 리셉셔니스트는 고객이 주저한 순간을 포착했다.

"고객님, 유감스럽지만 당사 고객 검증 평가에 불합격하셨습니다. 체크인 불가합니다. 고객님의 현재 심리 상태는 당사가 제공하는 휴식을 충분히 즐기지 못할 가능성이 큽니다. 금액은 로비 이용 금액 10%를 제외하고 방금 환불 처리되었습니다. 돌아가시는 여정도 편안하시길 바랍니다. 감사합니다."

고객 2는 오늘 체크인하지 못한 13번째 고객이었다. 고객들은 호텔의 안내에 이의를 제기하고 동의를 거부했다. 바깥의 소란, 소동, 안전성에 대해 안내를 받을 때, 불편함을 끼쳐서 죄송하다는 정중한 안내문에 큰 불편함을 표했다. 안내 문구에 항의하는 고객도 있었다. 이들은 경제력은 충분하지만 거리낌 때문에 입장하지 않았다.

"여기서 쉬다 떠나면 재충전이 되는 게 아니라 죄책감만 남겠어요."

수많은 고객이 거리낌과 거북함을 표하고 시정을 요청했지만 P 호텔은 안내 문구를 바꾸지 않았다. 침입자들과 협조할 사람을 걸러낼 수 있다는 이유였다. 극상의 쉼, 당신만의 쉼은 바깥을 배제해서 확보한 안전이었다. 이는 호텔이 가장 강조하는 서비스였다. 호텔의 배제 논리에 대해 의문을 표하는 자는 호텔의 고객이 될 수 없었다. 자본의 작동 방식을 윤리로 되묻는 사람은 특권을 누릴 자격이 없다는 듯.

"아, 잠시만요! 다시 답할게요. 아니, 다시 예약하면 되죠?"

고객 2는 체크인 불가와 함께 넘겨받은 스마트폰을 열었다. 전원은 6%밖에 재충전되지 않았다. 고객 2가 급하게 스마트폰을 조작하는 사이 바퀴가 빠진 캐리어는 운반차에서 다시 바닥으로 놓였다. 잠든 아이는 자동 요람에서 고객의 품으로 넘겨졌다. 아이의 숨소리가 약했다. 엄마는 아이의 마지막 순간에 쉼을 주고 싶었다. 아이는 생일을 넘기지 못할 거였다. 그래서 마지막 순간만이라도 떠나는 일이 아프지 않도록 하고 싶었다.

아이를 내려다보며 고객 2의 얼굴엔 분노와 슬픔

이 몰려들었다. 바깥 삶은 아팠다. 피부가 뭉개지거나 몸이 부서진 일은 그래도 덜 아팠다. 배고픈 일과, 이를 참는 일과, 쓰레기를 먹었다가 복통을 일으킨 일, 좀처럼 회복이 되지 않는 뜨겁고 쓰리고 쑤시고 아린 일은 아픈 축에도 들지 못했다. 차단되고 막히고 밀려나고 쫓겨나는 일에 비하면 아프다고 부를 수도 없었다.

고객 2는 아이를 끌어안고 입구로 향했다. 숨소리가 들리지 않는 아이를 잠시 끌어안은 뒤 고객 2는 방금 미끄러지듯 입장했던 로비 입구의 작은 틈 앞에 섰다. 그러곤 아까 직원들이 조작하던 블라인드 시스템에 다가가 버튼을 길게 눌렀다. 전원이 꺼지고 바깥 풍경이 드러났다. 좀비처럼 몸을 흐느적거리는 사람들이 수없이 호텔 벽에 기대 있었다. 입장할 수 없는 걸 알면서도 호텔 근처로 모여든 사람들이었다. 이 도시에서 유일하게 안전한 곳에 몸을 기댄 자들이었다. 고객 2는 로비의 문을 양손으로 활짝 열어젖혔다. 그리고 가방을 들어 로비 시스템 패널 위로 힘껏 내리쳤다.

경비팀 휴머노이드들이 모여들다 멈추었다. 경비 시스템이 잠시 에러를 일으키고 정지했다. 로비에 직원 호출 무선기를 통해 긴급 안내가 들려왔다.

"비상 상황 발생! 고객을 벙커로 이동시키십시오."

로비에는 고요함 대신 혼잡함이 몰려들었다. 호텔 문 앞을 서성이던 사람들이 모두 로비로 몰려들었다.

로비의 창문 스크린이 완전히 정지하자 잇몸이 무너진 입속처럼 날것의 풍경이 훤히 드러났다. 호텔이 자랑해온 안온한 로비 뷰 속으로 주변 건물의 진짜 모습이 스며들었다. 90도쯤 옆으로 누운 건물, 깨진 창문 틈으로 사람들이 보였다. 중력을 90도쯤 거부한 채 사람들은 세계의 옆구리를 딛고 서 있었다. 거기 있는 것만으로 이미 위반이고 위법이며 불온임을 아는 듯 휘청거렸다. 폐허 곳곳에는 건물이라 부르기 힘든 허름한 가건물이 흩어져 있었다. 검은 솥 속에 가둔 증기처럼 지독한 열대야가 사람들을 품고 있었다. 사람들은 한밤 폭염 속 간이 풀장에서 남의 때가 떠다니는 물로 서로를 씻기고 있었다.

이 밤, 바깥은 굽고 휘고 일그러진 몸들이 아무렇게나 출렁거렸다. 잡음과 소란, 혼란과 불결함과 불편함이 이 세계의 일반임을 증명하고 있었다. 고요와 무관할수록 진실에 가까웠다. 무색무취를 이반하는 일이 현실임을 말하고 있었다. 누구도 그 어떤 자격도 없다고 선언하고 있었다.

P 호텔 밖, 사람들은 각자의 호텔에 체크인했다. 휴식이 허락되지 않은 곳에서 무분별하게 쉬었다. 한숨 돌린 뒤 돌아갈 곳이 없어도, 회복과 재충전을 기대할 수 없을 때도. 주저앉고 쓰러져 이것이 쉼이라 우겼다. 꿈같은 휴식, 비싼 휴식은 아니지만 얼빠지고 혼미

하고 넋을 잃은 상태도 쉼이었다. 무너진 도시 한구석에 주저앉은 이들이 넘어진 순간을 잠시 쉬었다고 우겼다. 이제 죽는다고 생각하는 순간에도 쉬어간다고 우겼다.

로비에 들어선 사람들은 로비에 놓인 웰컴 드링크를 나누어 마시며 차가운 바닥에 누웠다. 꿈같은 휴식이 아니어도 좋았다. 애초에 자신이 앉은 곳이 쉼터이고 누운 자리가 호텔이며 잠들 수 있는 곳이 침상이었다.

누군가는 영원히 체크인할 수 없는 P 호텔의 체크인 절차는 이 순간만큼은 작동하지 않았다.

810

◎

체크인

∾

박솔뫼

2009년 『자음과모음』을 통해 작품 활동을 시작했다.
소설집 『겨울의 눈빛』, 『우리의 사람들』,
『믿음의 개는 시간을 저버리지 않으며』, 장편소설 『인터내셔널의 밤』,
『고요함 동물』, 『미래 산책 연습』 등이 있다.
〈문지문학상〉, 〈김승옥문학상〉, 〈김현문학패〉,
〈동리목월문학상〉 등을 수상했다.

◎

밤의 오쿠보 역은 언제나처럼 경찰들이 순찰을 돌
고 있었고 미간에 힘을 준 채 가게 앞에서 담배를 피우
는 중년 여자들은 그들과 이야기를 나누며 주변을 살
핀다. 반미를 파는 슈퍼 앞에는 늘 맞은편에서 오는 누
군가에게 하이파이브를 하며 인사를 하는 젊은이들이.
웃으며 담배를 피우다 다른 쪽 손으로 담배를 옮기며
하이파이브. 모여 있는 젊은이들 셋 중 둘은 전자담배
를 들고 있고 이제 연초를 피우는 사람은 담배를 끊거
나 전자담배로 옮겨 갔다기보다 서서히 사라졌거나 어
딘가로 빨려 들어간 것 같은데 그 어디는 어디인지.

마치 웨딩홀처럼 넓은 지하의 가스토에는 근처 식당에서 일을 마친 여자들이 아직 어딘가에서 서빙을 하고 있는 친구들을 기다리고 있다. 위선생을 만난 곳은 이곳 가스토였는데 한국어 중국어 일본어 태국어가 테이블마다 들리는 이곳에서 그도 나도 혼자 온 사람이었고 한국어 사용자였다. 나는 노트북에 한국어 문서 파일을 열고 작업 중이었고 내 왼쪽에 앉은 그는 대체 어디서부터 들고 온 것인지 모를 한국 신문을 읽고 있었다. 대체로 한국인은 한국인을 알아보지만 한국 신문이 없었더라면 위선생이 어느 나라 사람인지 확신할 수는 없었을 것 같은데 그러니까 그는 어느 나라 사람일 것도 같은 느낌이었다. 눈이 마주치고 자연스럽게 옆 테이블에 앉은 그와 이야기를 하다 보니 우연히 둘 다 같은 호텔 체크인 시간을 기다리고 있다는 것을 알게 되었다. 그게 신기하고 반가웠다기보다 그 순간은 조금 긴장되었는데 늦은 밤이었고 내가 갈 곳은 러브호텔에 가까운 곳이었는데 밤까지 시간당 2, 3천 엔쯤 받고 대실로 이용되다가 11시부터 숙박 손님을 받는 시스템이었고 그게 아니더라도 식당에서 옆자리에 앉은 사람과는 식당을 나서면 각자의 길을 가고 싶었다. 다행히도 위선생은 내게 크게 관심은 없었고 그저 피로해 보였다. 오십 대 중후반쯤 되었을까 도무지 무슨 일을 하는 사람인지 짐작이 되지 않았다. 언뜻 보면 단정에 가까운 초라한 행색이었지만 반지만은 화려하게 여러 개의 손가락 위에서 빛나고 있었고 말투는 요즘 한국에서 잘 듣지 못하는 90년대 주말 드라마의 한국어인데 얼마 전까지 한국에 있었는지 지난달에는 서울 어디를 갔다 왔고 하는 이야기를 했다.

여기저기 자주 오가시나봐요.
일이 있으니까 자주 오는데 요즘은 예전처럼 자주 움직이지는 않아요.

나 역시 누가 내게 무슨 일 하시는데요라고 물으면 왜 다짜고짜 그런 것을 물어보지라고 생각할 것이었으므로 참고 묻지 않았지만 마음속으로는 여러 번 아 자주 움직이는 일…… 사업하시는가봐요 가족들이 외국에 사시는가보지요 그것도 아니면 예술 관련 그런 계통이신가봐요 하고 자꾸만 위선생에게 묻게 되었다. 물었다기보다 머릿속으로 그런 질문을 만들어내고 따라 하는 목소리가 있고 그 목소리는 나와 닮은 듯 닮지 않았고 그런 생각을 하고 있을 때 라스트 오더 안내가 입구에서부터 들려왔다. 모든 주문을 앉은 자리에서 터치스크린으로 진행하면서 문을 닫기 30분 전 들려오는 라스트 오더 안내는 직원이 직접 넓은 홀 곳곳을 돌며 주문하실 것이 있으시면 10시 30분까지 부탁드립니다…… 상냥하고 씩씩하게 말하며 돌아다니고 있었다. 드링크바에서 밀크티와 커피를 한 잔씩 가져오고 단 밀크티를 마시다 커피를 마시다 하며 남은 일을 정리했다. 위선생은 반쯤 먹다 남은 파스타를 옆으로 밀어놓고 책상 위의 물건들을 가방에 넣었다. 책상 위의 물건들은 신문과 부채, 수첩과 작은 필통이었다.

짐을 챙겨 11시가 되기 십 분 전 몇 사람 남지 않은 가스토를 나왔다. 반미를 파는 슈퍼 앞 젊은이들은 사라지고 슈퍼의 문은 닫혔고 어둡고 순간 텅 빈 것처럼 보이는 길 위에서 나는 가끔 방금 본 것들이 어디 있는지 다음 날 찾을 수 없을 것만 같은 기분이 된다. 1 다음에 2가 되고 그다음은 3이 되고 그것을 기억해야 하는데. 그걸 잘 기억해야 하는데. 가장 간단하고 자명한 것이 나를 붙잡아줄 것처럼 1 다음에 2가 오고 3이 4가 하고 나는 속으로 반복했다. 생수를 한 병 사고 싶지만 늦은 밤 오래 걷고 싶지는 않고 갈팡질팡하는 마음을 안고 문 닫은 슈퍼를 지나 역을 향해 좀 더 걸었다. 역을 빠져나왔을 때 편의점을 보았던 것도 같은데 기억을 더듬으며 걷다 보니 등불처럼 편의점은 환한 빛을 밝히고 있었고 생수와 음료수 하나에 민트를 사서 나왔을 때 편의점 옆 어두운 골목에서 위선생은 담배를 피우고 있었다. 담뱃불만이 전등처럼 어둠을 밝히고 있었다.

위선생이 무슨 일을 하는지 들은 것은 호텔로 향하

는 길이었는데 위선생의 말에 따르면 소리를 하는 사람이었다. 판소리 같은 것 말씀하시는 거예요 묻자 그렇다고 하며 그렇지만 조금 다르다고 했다. 위선생은 나이는 짐작보다 약간 많은 육십 대 초반이었다. 자신이 어릴 때만해도 판소리를 찾아 듣는 사람은 물론 있었지만 친구들은 가요나 팝송을 주로 들었는데 자신은 왜인지 판소리가 좋아서 소리하는 사람들을 여기저기 수소문을 해서 찾아들었다고 했다. 그러다 보니 어느 순간 물론 늘 찾아오는 것은 아니지만 마음을 먹고 집중을 하면 명창이 자신에게 찾아온다고 했다. 그러니까 나는 이런 말이 너무 싫고 이렇게 표현하기는 싫지만 굳이 사람들이 쓰는 표현을 빌리면 영접 같은 것이지라고 했다. 노래를 자주 듣고 자주 연습하다 자신의 목소리를 찾고 아주 잘 부르게 되는 것을 말하는 것인가 실제로 그 이야기 아닐까 싶었지만 위선생의 말로는 아주 달랐다. 자신은 가수들처럼 노래 연습을 하는 것이 아니라고 했다. 좋아하는 것을 계속 듣고 또 들었고 만날 수 있으면 그 사람들에게 찾아가서 소리뿐만이 아니라 이야기를 듣고 또 들었다고 했다. 그러다 보니 이미 돌아가신 분들 아파서 누워 계신 분들 소리가 자신에게 찾아와 자신은 그 소리를 입 밖으로 내서 밥을 먹고사는 것이라고 했다.

그게 언제부터 그렇게 할 수 있게 되신 거예요?

이혼한 다음 해니까 스물아홉인가.

삼십여 년간 자신을 부르는 곳으로 가서 노래를 부르고 돈을 벌고 그 외에는 아직 살아 계시는 소리하시는 분들의 소리를 듣고 그 모든 들은 것들을 조금씩 정리하고 이모와 고모들 가게에서 조카들을 도우며 일을 하며 살고 있다고 했다. 때로는 노래가 아니라 자신이 알고 있는 이야기를 하기도 했다고. 유명하지 않지만 너무 잘하고 뛰어난 그러나 시간이 흘러 잊혀진 소리꾼에 대해 알고 싶어 하는 사람이 세상에 없지는 않다고 했다. 나는 아직도 소리가 찾아와서 그 소리를 낸다는 것이 노래를 잘 부르는 것과 어떻게 다르다는 것인지 이해하지 못했지만 위선생은 담담하게 과장하지 않고 이야기를 했고 그러니까 그 태도는 전혀 사기꾼 같지 않았고 생각해본 적 없던 일들이 세상에 있다고 가정하는 것은 어느 정도 재미있는 일이니 호텔로 향해 걸으며 그 이야기를 그냥 그대로 받아들이기로 했다.

어느덧 호텔에 도착해 호텔 문을 열고 예약 번호와 이름을 말하고 수영장 탈의실 열쇠 같은 방 열쇠를 받았다. 위선생은 이미 열쇠를 받은 것인지 자판기에서 맥주를 한 캔 사 올라갈 생각도 없이 로비에 앉아 밖을 바라보았다. 고개를 돌려 뭐가 좋아요? 라고 묻고는 내게도 맥주를 한 캔 사주었고 우리는 졸음을 쫓고 있는 프런트 직원만이 멍한 눈으로 허공을 바라보는 한밤의 호텔 로비에서 맥주를 마셨다. 내가 이 호텔에 묵게 된 것은 허우 샤오시엔이 도쿄에 올 때면 매번 묵는 호텔이라는 이야기를 주톈원의 에세이에서 읽은 것이 계기였다. 주톈원은 소설가이자 허우 샤오시엔의 대부분의 영화 각본을 썼는데 그는 「희몽인생」을 찍기 위해 도쿄에 온 허우 샤오시엔 및 여러 스태프들과 함께 이 호텔에 묵었다고 했다. 에세이를 읽다 찾아보니 호텔은 비싸지도 멀지도 않았고 지금 하고 있는 바쁜 일이 어느 정도 마무리되면 한번 묵어볼까 싶어졌다. 허우 샤오시엔은 「밀레니엄 맘보」도 이곳에서 찍었는데 얼마 전에 다시 본 그 영화에서 주인공 여자는 자신을 돌봐주는 남자를 따라 도쿄로 온다. 여자는 남자가 묵는 호텔로 가지만 남자는 일 때문에 요코하마에 있다고 말한다. 여자는 호텔 직원에게 호텔 열쇠와 함께 건네받은 휴대폰을 어디든 들고 다닌다. 여행자의 얼굴 여행자의 리듬으로 거리를 걷고 마치 모든 것을 아는 것처럼 그러다 실은 잘 모른다는 듯한 움직임으로 나란히 서서 우동을 먹고 사람들을 구경하고 걷는다. 영화 속 그 사람의 시선과 발걸음이 좋았다. 어떨 때는 자연스럽고 어떨 때는 모든 것이 어색한데 왜 어떨 때

는……. 아무튼 잠시 그런 생각을 하며 별말 없이 위선
생과 맥주를 마시고 있을 때 위선생은 보통 도쿄에서
일을 하면 숙소를 잡아주거나 일을 주는 사람의 집에
서 숙식을 하며 소리를 하는데 일이 끝나고 며칠 더 머
무르고 싶을 때는 몇 군데 정해놓고 묵는 호텔이 있다
고 했다. 그 호텔 중 하나가 이곳인데 호텔에서 이런저
런 사람들을 만났다는 이야기를 하다 십몇 년 전 여기
서 묵을 때 같이 묵던 영화감독 한 명과 친해졌다는 이
야기를 했다. 그 사람은 위선생의 일찍 죽은 큰 오빠를
무척 닮았다고 했다. 평소라면 말을 안 걸었을 수도 있
지만 먼저 말을 걸고 괜히 웃으며 인사를 하고 그랬다
고. 감독은 대만 사람이고 일본어를 못하고 자신은 중
국어를 못하지만 그래도 두 사람 모두 어른이므로 한
자로 쓰며 대화를 나눌 수 있었다. 중간중간 그 사람의
일행이 통역을 해주기도 했지만 기본적으로 그 사람은
왜인지 자신이 한국어로 말해도 일본어로 말해도 자신
의 말을 잘 알아듣는 느낌이었다.

나도 내 이야기하는 걸 아주 좋아하지는 않는데 왠
지 그 사람은 이야기를 참 편하게 해주어서 이야기가
잘 나와서 자꾸 하게 되었지.

나는 멋대로 그 사람은 허우 샤오시엔일 거야라고

생각했다. 위선생은 그때 그 감독이 같이 일하는 사람을 몇 명 데리고 왔다고 했고 자신의 이야기를 무척 재미있어하며 나중에 같이 일을 하고 싶다고 했다.

같이 일을 하면 어떤 일을 하는 거예요?

내 이야기를 영화로 만들고 싶다고 했고 그런데 내가 배우는 못하니까 그래도 나는 다른 역으로 이렇게 잠깐만 나오면 좋겠다고 했지.

그래서 하기로 했어요?

아니요. 나는 일을 하면 그 자리에서 돈을 받고 안 되면 한 달 뒤 정 안 되면 두 달 뒤 이렇게 딱 정해놓고 돈을 받는 일이 좋아요. 내 친구 중에 영화를 하는 친구들이 몇 있었는데 아주 돈을 많이 번 친구도 있지만 몇 년씩 기다리기도 하고 돈을 바로 주는 일이 아니잖아요? 나는 그 자리에서 돈을 받는 일이 좋아서 안 한다고 했어.

그러고 보면 그 자리에서 돈을 받는 일을 마다할 사람은 없을 것이다. 다만 그런 식으로 일을 하기가 힘들 뿐이지 생각했다. 위선생은 이곳에서 삼 일을 묵는다고 했다. 그 이후에는 매해 자신에게 일을 주는 오사카의 한 변호사의 집으로 떠난다고 했다. 그 변호사는 재일 교포 3세인데 삼십 년이 넘게 그 사람의 의뢰로 일을 해서 이제는 그 사람의 전부인 현재 부인 아들들 모두 잘 알고 지내게 되었다. 변호사는 자신을 위선생이라고 부르지만 아들들은 자신을 이모라고 부른다고. 일본에 오면 한두 달 머무르며 일을 하고 한국으로 돌아가면 광명의 이모댁에서 식당 일을 돕는다고 했다. 손에 쥔 열쇠에는 파란 타원형의 야자수가 그려진 열쇠고리가 달려 있었고 한 캔을 다 비운 나는 이제 올라가 보겠다고 했다. 내일 아침에 마주치게 될까 잠시 생각했지만 그런 가능성에 대해 이야기하지는 않고 인사를 했다. 안 들어가느냐고 묻자 자신은 좀 더 혼자 있다 갈 것이라고 했는데 혼자 여기에서 밖을 보며 시간이 지나는 것을 보다 때가 되면 들어가 씻고 때로는 씻지도 않고 바로 잠이 든다고 했다. 네 그럼 안녕히.

손에 쥔 야자수가 그려진 열쇠고리와 작지도 크지도 않은 평범한 크기의 열쇠를 실감하며 3층으로 올라갔다. 복도에는 아무도 없고 복도 너머 어딘가에서 낮게 대화하는 소리가 들리는 것도 같았다. 바닥에는 짙고 붉은 카펫이 깔려 있었다. 이곳은 세상의 모든 호텔과 비슷했고 다른 모든 호텔들처럼 어딘가 조금씩 달랐다. 가운이 아주 얇고 낡았고 샴푸는 일회용도 대용량도 아닌 가정용 크기였는데 여기 와서 한 시간쯤 이것저것을 하고 나가는 사람들이 머리를 감지는 않겠지 생각했다. 여기서 내가 누군가와 옷을 벗고 이런저런 것을 하는 것을 상상해봤는데 잘되지는 않았다. 누군가와 함께 있다면…… 껴안고 잠이 들 것 같다. 오래되고 세월이 느껴지는 묵은 담배 냄새를 맡다가 창문을 열고 멀리 열차가 지나가는 소리를 듣고 그런데 멀지는 않고 꽤 가깝다. 씻고 나와 의자에 앉아 얼굴에 뭔가를 바르며 창을 바라보았다. 열어둔 창에서 들어온 바람으로 커튼이 느리게 움직이는 것을 보고 그게 누군가의 어깨에 손을 올렸다 내리는 것 같다고 생각했다. 다른 모든 날들처럼 뭔가를 하려다 못하고 막다른 골목인 줄 알면서 걸음을 돌리지 않고 그 와중에 뭘 안 한 것은 아닌 식으로 시간을 보내다 겉옷만 벗은 채 이불 속으로 들어가 잠이 들었다. 왜냐하면 나는 언제라도 도망갈 준비를 하고 싶었고 언제라도 누구와 싸울 준비를 하고 싶었는데 가운을 입은 채로 싸우기는 어려울 것 같았다. 언제나 그렇듯 누구와 무엇과 싸우고 싶은 것인지는 알지 못한 채로 가만히 팔짱을 낀 채 이불을 턱까지 올리고 그때 벽 너머로 들려오는 중국어 대화는 왜인지 다정하고 사려 깊게만 들렸다. 나에게 필요한 조언을 해줄 것 같았고 분명히 들었다고 생각한 그 대화가 계속 이어지자 어디까지가 진짜였는지 어디서부터 꿈이었는지 알 수 없어졌다.

　이른 아침에 눈을 뜨고 언제 몸을 일으킬지 생각을 하며 정말로 그 생각만을 하며 시간을 빽빽하고 아

체크인

201

슬아슬하게 사용했고 시간이 되어 짐을 챙겨 체크아웃을 하러 프런트로 다가가자 문으로 들어온 햇볕이 밝고 환하여 진심으로 호텔 직원에게 이곳은 싸고 편안하군요 말하고 싶어질 정도였지만 아무 말 없이 가볍게 고개를 숙이고 열쇠를 반납하고 나왔다. 생각보다 이른 아침이라 어제 본 모든 곳들은 문이 닫혀 있었고 어제 보지 못한 곳들에는 연말연시 휴일을 알리는 종이가 붙어 있었다. 많은 것들을 아주 싸고 맛있는 모든 것들을 다 먹을 수 있을 줄 알았는데 주머니에 있던 커피 사탕을 녹여 먹으며 역 근처 편의점에서 따뜻한 녹차를 사서 마시는 것이 끝이었다. 그러게 혹은 그렇게 어떤 날은 사탕을 아침 대신 먹으며 계속 걷게만 되는데 그 날을 돌봐주는 혹은 그 날이 길게 손을 뻗어 돌봐주려는 다른 날은 생각지 못한 인사와 풍경과 컵과 휴지와 휴지에 그려진 귀여운 그림과 그걸 건네는 사람이 함께하게 된다. 그러나 그런 일이라는 것을 이해하지 않고 이해하지 못하고 매번 아 이 가게에서는 이걸 파는구나 하고 메뉴판을 열고서야 알아차리고는 했다.

역을 중심으로 두 바퀴쯤을 돌다 문을 연 중국 식당에서 볶음밥을 시키고 따뜻한 김에 마음이 마음도 누그러졌을 때 위선생이 생각났다. 그 사람에게 인사를 할걸 그랬다는 생각을 잠깐 했고 그보다 오래 했던 생각은 이 근처에서는 어디서 무엇을 먹어야 하는지 물어봤어야 했다는 가벼운 후회였다. 위선생은 선생이라고 부르고 있으니 선생이므로 게다가 그 호텔에서 자주 묵는다고 했으니 분명 근처를 잘 알 텐데 왜 어제 그걸 묻지 않았지. 그러고 보면 내가 실제로 위선생을 위선생이라 부르게 된 것은 한참 뒤의 일인데 그때 당시에는 그 분 그 분이었던 것 같다. 위선생을 다시 만난 곳은 도쿄 도내 그다지 크지 않은 호텔로 물론 오쿠보 근처와는 완전히 다른 분위기의 평범하게 관광객이나 출장을 온 직장인들이 묵는 호텔이었는데 다가와 인사하는 나를 위선생은 전혀 기억하고 있지 못한 눈치였다. 나를 전혀 기억하고 있지 못한 그 얼굴에서 나는 왜인지 그 사람이 하는 일이 무엇인지 그때야말로 정확히 이해할 수 있었다. 그때 나는 그 주변이 익숙한 상태였지만 그럼에도 지금 여기서 무엇을 어떻게 먹어야 할지 결정을 내리지 못하고 있었고 그때 나는 오늘을 끄집어내서 다행히 위선생에게 필요한 질문을 할 수 있었다.

볶음밥을 다 먹고 위선생이 있나 잠깐 호텔을 들러볼까 잠시 생각했지만 그러지 않고 지하철을 탔다. 허우 샤오시엔을 좋아하는 친구에게 위선생을 만난 일을 말하고 싶다고도 생각했지만 아니 그런 일이 아냐 이건 허우 샤오시엔과는 관계없이 길을 걷다 만나는 무수한 일일 뿐이야라는 생각이 들어 관두었다.

호텔 프린스 소설가의 방
10주년 기념 소설 앤솔러지

당신을 기대하는 방

1판 1쇄 펴냄 2024년 12월 11일

지은이 장강명, 정선임, 김지연, 최유안, 기준영,
        나푸름, 김유담, 양선형, 황모과, 박솔뫼

펴낸곳 아침달
펴낸이 손문경
편집 이기리, 정채영, 서윤후
디자인 정유경, 한유미

출판등록 제2013-000289호
주소 04029 서울시 마포구 양화로7길 83, 5층
전화 02-3446-5238
팩스 02-3446-5208
전자우편 achimdalbooks@gmail.com

ⓒ 장강명 외 9인, 2024
ISBN 979-11-94324-15-7 03810

이 책은 한국문화예술위원회와 호텔 프린스가 주관하는 '소설가의 방' 레지던스 사업
10주년을 기념하여 제작되었으며, 한국문화예술위원회에서 고료를 지원하였습니다.

* 책값은 뒤표지에 있습니다.